KB165374

셰익스피어 비극

오델로

The Tragedy of Othello, the Moor of Venice

셰익스피어 비극

오델로

초판 1쇄 | 2012년 8월 10일 발행

지은이 | 셰익스피어
옮긴이 | 김재남
펴낸곳 | 해누리
펴낸이 | 이동진
편집주간 | 조종순
마케팅 | 김진용

등록 | 1998년 9월 9일(제16-1732호)

주소 | 서울시 마포구 성산1동 239-1번지 성진빌딩
전화 | (02)335-0414 팩스 | (02)335-0416
E-mail | henuri0101@naver.com

ISBN 978-89-6226-033-5 (03840)

셰익스피어 비극

오델로

The Tragedy of Othello, the Moor of Venice

김재남 옮김

((해누리

일러두기

＊방백 _ 연극에서 등장인물이 말을 하지만 무대 위의 다른 인물에게는 들리지 않고
관객만 들을 수 있는 것으로 약속되어 있는 대사

머리말

　　김재남(金在枏) 교수님은 셰익스피어 연구에 평생을 바치셨으며 이 분야에서는 우리나라에서 최고의 대가들 가운데 한 분이시다. 또한 이미 1964년에 '셰익스피어 전집'을 번역, 출간하셨는데, 이것은 한 개인이 셰익스피어의 작품 전체를 번역한 것으로서는 우리나라에서 최초인 것이었으며, 동시에 셰익스피어 전집의 번역 자체도 전 세계에서 일곱 번째에 해당하는 일이었다. 그 후 김교수님은 30년에 걸친 1995년에 이르기까지 셰익스피어 전집을 두 번 수정, 보완하셨다.

　　김교수님의 이러한 탁월한 업적에 대해 우리나라의 영문학계를 대표하시는 분들이 다음과 같이 평한 바가 있어서 여기 소개한다.

　　"셰익스피어를 번역하는 사람은 먼저 그의 작품들을 계통적으로 연구한 전 문학자라야 할 것이다. 또한 난해하거나 영묘한 셰익스피어의 표현을 우리말로 옮기는 데는 문학적 재능이 필요하다. 김재남 교수는 위에서 말한 두 가지 조건을 구비한다. 학계와 연극계의 일치된 요망에 부응하는 최초의 ≪셰익스피어 전집≫이 김재남 교수의 손으로 되어 나온다는 것은 지극히 타당한 일이

라 생각한다."_ 문학박사 최재서, 1964년 초판 서문에서

"셰익스피어 번역에는 참으로 어려운 문제들이 많다. 김교수는 이 방면에 훌륭한 준비를 갖추었고 그의 노력과 열의는 높이 평가되어야 할 분이라, 이 전집 번역을 혼자 힘으로 이룩한 데 대해 경의와 찬사를 아낄 수 없다. 극문학에 큰 공헌이 될 것을 의심하지 않는 바이다."_ 문학박사 권중휘, 1964년 초판 서문에서

"이 힘들고, 범인으로서는 불가능한 일을 할 수 있는 비범한 사람이 있는가? 과연 우리에게는 용기와 끈기와 추진력에다 능력과 자격을 겸비한 적격자가 있는가? 김재남 교수님이야말로 이 모든 것을 갖춘 비범한 적격자의 한 분이라고 나는 감히 말할 수 있다. 1964년에 셰익스피어 탄생 400주년에 맞추어 선생님은 셰익스피어 전집 번역본을 단독으로 내셨다. 이것은 우리나라의 보통 큰 문화적 사건이 아니었다. 세계적으로도 손가락으로 셀 수 있을 정도의 소수이며, 더구나 단독 완역은 한둘이나 될까 매우 드문 일이기 때문이다."_ 문학박사 이경식, 1995년 3정판 서문에서

"김재남 교수는 우리 영문학계에서 '한 우물만을 판' 사람으로 유명하다. 그에게 있어서 셰익스피어는 학문의 전부였고 아마도 인생의 전부이기도 했을 것이다. 그의 평소의 신념이 작품이란, 더욱이 셰익스피어 같은 대고전은 읽고 또 읽어야 그 진가를 알 수 있다는 것이었다. 그의 문학을 대하는 태도는 이렇듯 정통적이고 비타협적이었다. 그렇기 때문에 그의 번역도 몇 번이고 새로워질 수밖에 없었을 것이다."_ 문학박사 여석기, 1995년 3정판 서문에서

이번에 김재남 교수님의 번역본을 다시 출간하게 된 것은 김재남 교수님과

조성식(趙成植, 前 고려대학교 명예교수, 학술원 회원) 교수님 사이에 맺어진 절친한 우정 때문이다. 나는 나의 장인어른이신 조교수님으로부터 두 분의 우정에 관한 이야기를 평소에 많이 들어왔고 또한 김재남 교수님의 번역본을 해누리에서 다시 출간했으면 좋겠다는 말씀을 자주 들었다. 그래서 몇 해 전에 김재남 교수님의 사모님에게 감히 전화를 걸어 구두로 허락을 받았고 이제 드디어 출간하게 된 것이다. 다만 김재남 교수님의 번역본이 현재의 독자들에게 좀 더 읽기 쉽고 이해하기 쉬운 것이 되도록 위해 난해한 한자어를 풀이하는 등 약간의 수정을 거쳤으며 재미있는 관련 삽화들을 가능한 한 많이 수록했다.

이 출간을 통하여 김재남 교수님의 탁월한 업적이 앞으로도 계속해서 더욱 빛나게 되기를 진심으로 바랄 따름이다.

2011년 12월

李 東 震

(해누리 출판사 대표, 시인, 작가, 前 외교통상부 대사, 월간 착한이웃 발행인)

　　'오델로'에 관한 최초의 상연 기록은 1604년 11월 1일 〈국왕 소속 극단〉에 의해 궁정에서 상연되었다는 기록이 있다. 제작 연대도 1604년으로 추정된다. 최초의 인쇄판은 1622년 사절판으로 비교적 인쇄 실수가 없는 양 사절판이며, 셰익스피어가 죽은 후에 출판된 사절판으로는 유일한 것이다. 제일 2절판 전집은 다음해인 1623년에 출판되었다. 출원은 이탈리아인 친티오의 '소화 백집'인데, 당시 아직 영어로 번역되어 있지 않았으니까 아마도 셰익스피어는 프랑스어 판을 참조했을 것으로 추측된다.

　셰익스피어의 4대 비극은 1600~1606년 사이에 직필되었다. 이 기간은 작가의 가장 알찬 시기로, '햄릿'과 '리어 왕'의 경우 제왕의 주제가 드높고, 주인공의 영혼 갈등은 국가 사회의 질서를 다시 회복하고 그의 영혼도 구제된다. 그러나 '오델로'의 경우만은 주인공의 운명과 국가 사회의 운명과는 아무런 관계가 없다.

　흑인으로서 직업 군인인 오델로는 베니스 공국에 고용된 장군이요. 여주인공은 베니스 명문의 딸이다. 흑인 중년 남자와 백인 처녀 사이의 결혼으로부터 극은 시작하여 이들의 파탄으로 극은 끝난다. 이 극은 가정 비극에 속하는 비극이다. 오델로의 성격이 소박 단순하고, 그의 대사들이 낭만적인 이미지들로 가득 차 있는 것만 보더라도 그는 낭만적 이상주의자다. 한편 여주인공 데스데 모나는 순진 소박하고 아름답다. 그리고 결혼 문제를 자기 의사로 결정하는 르 네상스 기의 자아 각성의 신여성이다. 이러한 두 남녀의 결혼은 처음부터 문제 점을 안고 있기는 하지만, 제삼자가 개입하기 전까지는 오델로와 데스데모나 의 세계는 완전히 조화된 음악의 세계였다. 그리고 그 음악은 천체의 음악만큼 이나 조화된 음악이었다.

그러나 오델로의 기수 이야고는 이 화음을 불협화음으로 해놓고 말겠다고 뛰어든다. 이야고는 오델로의 아내와 밀통했다는 억지 구실을 만들어 보복을 결심한다. 부관 자리를 캐시오에게 빼앗긴 원한이었다. 이래서 그는 질투의 독 을 오델로의 귀에 부어넣기 시작하여 마침내 오델로로 하여금 아내의 부정을 믿게 하고 만다. 이야고는 악마의 화신 같은 악인인데, 그의 악의 동기에 대해 서는 소년이 개구리를 밟아 죽이는 것 같은 자기 힘의 과시라는 둥, 또는 무동 기의 동기라는 둥 논쟁이 많지만, 그러나 샤일록의 경우처럼 원래는 줄거리에 요청되는 하나의 격식적인 악역에 지나지 않았던 것이, 작가의 관심이 이 악역 으로 하여금 규정된 행동반경을 넘어 인간의 악의 극한을 발휘케 한 것이 아닌 가 싶다. 오델로는 자기는 쉽게 질투하지 않는 성격이라고 자기 입으로 말한 바 있다. 자기 입으로 자기는 쉽게 질투하지 않는 성격이라고 말한 주인공이,

사랑하는 아내와 신임하는 부관보다는 별로 친밀하지도 않은 이야고의 말을 금방 곧이듣고 질투의 화신으로 변하고 마는 과정의 심리 묘사에는 모순이 있다고 지적한다. 셰익스피어의 등장인물들은 시의 주민들이므로, 산문에서라면 오델로의 경우 같은 성격의 모순이 합리화되려면 세밀한 설명적 기술이 있어야 되겠지만, 그러한 심리적 모순이나 어긋남을 셰익스피어는 몇 줄의 시로 쉽게 극복하고 만다. 뿐만 아니라 이야고 같은 악마와 인간 오델로와의 대결에 있어서는 인간의 패배는 숙명적인 것이다. 더구나 오델로는 이와 같이 이야고의 뱃속을 알아보지 못했던 것이다. 현상과 실체 사이의 파행, 이와 같은 이중 영상의 주제는 셰익스피어의 다른 작품에서도 나타나는 주제이다. 이로 인해 이야고는 부정 주의적이며 냉소주의적인 사악성을 마음껏 발휘하여, 오델로의 애정과 영혼을 파멸시켜 버리고 오델로를 우매하고도 추악한 인물로 만들어 버리고 만다. 그러나 절망 속에 죽은 맥베드와는 달리 오델로의 비극은 영혼의 구제를 받는다.

Othello

오델로

(1604)

오델로
The Tragedy of Othello, the Moor of Venice

아, 불운한 당신! 자기 속옷처럼 창백한 표정이라니! 최후의 심판 날 다시 만나게 되어 당신의 얼굴을 보기만 해도 내 영혼은 하늘에서 내동댕이쳐져서 지옥의 마귀들에게 뜯어 먹히겠지.

당신은 싸늘하다, 싸늘해! 당신의 정조도 이러했겠지. 아, 저주받은 노예 놈! 지옥의 악마들아, 나를 채찍질해서 이 천사 같은 모습이 보이지 않는 곳으로 쫓아내라! 열풍 속으로 내 몸뚱이를 흩날려 버려라! 유황불로 나를 태워라! 불바다의 심연 속에 나를 쳐넣어라! 아, 데스데모나! 죽어버린 데스데모나! 죽어 버렸다니! 아! 아! 아!

_ 오델로(5막 2장)

▌장소▐

베니스 Venice 및 키프로스 Cyprus

▌등장 인물▐

베니스 공작 Duke of Venice	
브라밴쇼 Brabantio	원로원 의원, 데스데모나의 아버지
다른 원로원 의원들 Other senators	
그래샤노 Gratiano	브라밴쇼의 동생
로도비코 Lodovico	브라밴쇼의 친척
오델로 Othello	베니스 공화국의 관리로 근무하는 귀족 출신의 무어인
데스데모나 Desdemona	브라밴쇼의 딸, 오델로의 아내
캐시오 Cassio	오델로의 부관
비앙카 Bianca	캐시오의 정부(情婦)
이야고 Iago	오델로의 기수(旗手)
이밀리아 Emilia	이야고의 아내
로더리고 Roderigo	베니스의 신사
몬타노 Montano	키프로스의 전임 총독
광대 Clown	오델로의 하인

그밖에 수병, 선원, 사자(使者), 전령, 관리들, 신사들, 악사들, 수행원들

1막 1장

베니스의 거리.

🍀 로더리고와 이야고 등장한다.

로더리고　　　쳇, 듣기 싫어. 그런 매정함이 어디 있어? 이봐, 이야고, 내 지갑을

베니스의 카르타 문 _ 16세기 판화

자기 것처럼 마구 사용한 넌 이 일을 다 알고 있을 게야.

이야고   제기랄, 막무가내로군. 내가 꿈에라도 그 일을 알고 있었다면 날 미워하라고.

로더리고   넌 그자를 미워한다고 나한테 말했지.

이야고   미워하다 뿐이겠어? 이 베니스 바닥의 세력가가 세 번이나 일부러 그자를 찾아가서 고개를 숙이고 나를 그자의 부관으로 천거했었지. 그야 내 가치는 내가 알지만, 난 그만한 자격은 충분한 사람이야. 하지만 그 작자는 제 고집을 주장하고 싶었으니까, 온통 군사 용어에다 호언장담으로 교묘하게 회피하여 결국은 싹 거절했다 이거야. "사실 나의 부관은 이미 결정되었소."라고 하면서 말이야. 그런데 도대체 그의 부관이 누군지 알아? 쳇, 대단한 전술가 마이클 캐시오라는데 플로렌스 출신으로 머지않아 미인 마누라를 얻어 욕깨나 볼 놈이야. 그자는 실전을 지휘한 경험도 없는데다가 병력 배치법도 모르니 계집애와 다를 게 없어. 그자가 아는 거라고는 공허한 이론뿐이지. 그 정도 전술이야 도포를 걸친 벼슬아치들도 논할 수 있어. 주둥이만 깔뿐 경험도 없이 대단한 군인인 체하는 그런 놈이 다 발탁되고, 나는 말이야, 로우즈Rhodes 섬, 키프로스Cyprus 섬, 기타 문명국이든 미개국이든 도처에서 큰 공훈을 세운 내가 요 회계담당 같은 녀석 밑에 들어가 꼼짝도 못해야 된 거야. 이 주판 같은 녀석이 제꺼덕 부관으로 출세했다고. 하, 기가 막혀! 난 무어인 각하의 기수다 이거야.

로더리고   아, 나 같으면 그 자식의 교수형 집행관이 되겠어.

이야고   하지만 별 수 없어. 고용살이하자면 별별 욕을 다 봐야 하니까. 승진은 추천장이나 정실 관계로 좌우되고, 예전같이 둘째 번이 첫째 번을 따르는 세상은 아니거든. 자, 좀 판단해 봐. 이래도 내가 그 무어인에게 충성을 다하겠는지 말이야.

로더리고   나 같으면 딱 질색이야.

이야고   아, 가만있어. 내가 그자를 따르는 데는 사실은 속셈이 있다 이거야. 우리는 누구나 다 주인 노릇을 할 수도 없고, 또 주인이라 해도 아랫놈들이 모두 다 굽실거리지도 않지. 세상에는 그저 굽실거리며 일평생 충성을 다하는 녀석들도 많지만, 그 녀석들은 주인집 당나귀처럼 멍에를 메고 콩깍지나 얻어먹다가 늙으면 내쫓기게 마련이야. 그런 병신들은 실컷 매나 맞아야 옳아. 반면에 충성을 가장하여 실속은 실속대로 차리고, 주인에게 굽실굽실해 가면서 짜낼 대로 짜내서 주머니가 두둑해지면 그때는 자기 자신에게 충성을 하게 되는 놈도 있거든. 이게 제 정신을 가진 축들이지. 내가 바로 이런 종류의 한 사람이란 말씀이야. 글쎄, 이봐, 내가 만약

이야고로 분장한 19세기 배우
해빌랜드 William Haviland

무어인과 같은 팔자가 된다면야 이야고로 있을 필요는 없지. 이건
네가 로더리고인 것만큼이나 확실한 일이야. 내가 녀석을 주인으
로 받들고 있지만 사실 주인은 나 자신이야. 그야 하늘도 알다시
피 충성과 의무 때문에 받드는 게 아니라 그건 가면일 뿐 사실은
내 속셈이 있지. 원, 본심을 액면대로 털어놓다가는 차라리 갈가
마귀더러 쪼아 먹으라고 염통을 옷소매에 달고 다니는 게 나을 게
야. 난 겉보기와는 다르단 말씀이야.

로더리고   그 입술 두꺼운 놈은 복도 많지. 일이 제대로 되어 간다 치면 말이
야!

이야고   그 여자의 아버지를 불러내. 그자를 뒤쫓아 가서 깨우고 기쁨에다

독을 치라고. 큰길에서 떠들어 대고 여자의 친척들을 들쑤셔 놓고, 녀석이 흐뭇해하는 기분 속에다 파리 떼를 풀어서 긁혀 주라고. 그래도 당사자의 기쁨은 여전할는지 모르지만, 적어도 좀 쓸쓸하게 굴어서 맥이 풀리게 해주란 말이야.

로더리고   이게 그 여자의 아버지 집이야. 어디 불러 볼까?

이야고   한바탕 요란스럽게 불러 봐. 아닌 밤중에 밀집한 시가에서 불이 난 것처럼 말이야.

로더리고   이봐요, 어이, 브라밴쇼! 브라밴쇼 각하! 어이!

이야고   일어나세요! 이봐요, 어이, 브라밴쇼! 도둑이야! 도둑! 도둑이야! 집안을 둘러보세요. 따님과 돈뭉치를 찾아보세요! 도둑이야! 도둑!

🍀 브라밴쇼가 이층 창문에 나타난다.

브라밴쇼	왜 이렇게 사람을 깨우고 야단이야? 대체 무슨 일이냐?
로더리고	각하, 가족은 모두 집안에 있는가요?
이야고	문단속은 잘하셨나요?
브라밴쇼	도대체 그건 왜 물어?
이야고	원, 댁에 도둑이 들었거든요. 어서 옷이나 입으세요. 당신은 염통이 터지고 혼비백산할 판이지요. 지금, 바로 지금, 시커먼 늙은 숫양이 당신 집의 흰 양을 올라타고 있는 중이라고요. 일어나세요. 일어나라고요. 어서 종을 쳐서 쿨쿨 자는 시민들을 깨우세요. 그렇게 하지 않으면 악마의 외손자를 얻게 될 거요. 일어나라니까요, 어서.
브라밴쇼	아니, 이거 미친놈이잖아?
로더리고	아, 각하, 제 음성을 아시겠어요?
브라밴쇼	몰라. 넌 누구냐?
로더리고	로더리고지요.
브라밴쇼	더욱 괘씸하군. 난 네게 우리 집 근처에 얼씬대지 말라고 했어. 그리고 내 딸을 네게 줄 수 없다는 말도 똑똑히 들려주었지. 그런데 이게 뭐야? 미친놈같이 포식하고 만취해 가지고 엉큼스럽게 찾아와서 나의 단잠을 깨워 놓다니!
로더리고	각하, 저 글쎄 말이에요.
브라밴쇼	하지만 이거 봐, 원로원 의원인 내 비위를 거스르면 혼이 날 줄 알라고.
로더리고	좀 진정하세요, 각하.
브라밴쇼	도둑이라고 했냐? 여긴 베니스야. 우리 집은 들판의 외딴 집이 아니라고.
로더리고	브라밴쇼 각하, 저는 성심 성의껏 말씀드리려고 찾아 왔어요.

이야고	제기랄, 당신은 신에게 해야 할 일도 악마의 권고라면 거절할 사람이로군요. 기껏 알려주려고 왔는데 우릴 불한당으로 취급하니까 말이오. 바바리Barbary의 말(馬)이 당신 딸을 올라타게 된다니까요. 히힝 하고 우는 외손자들이 생기게 된다니까요. 글쎄, 경주용 말, 스페인 말들의 일가친척이 되고 만다니까요.
브라밴쇼	고얀 놈, 도대체 넌 누구냐?
이야고	저로 말할 것 같으면 말이지요. 당신 딸과 무어인 자식이 지금 잔등은 둘이고 몸은 하나인 짐승 짓을 하고 있다는 사실을 알려 드리러 온 사람이지요.
브라밴쇼	넌 악당이야.
이야고	당신은, 그래, 원로원 의원이지요.
브라밴쇼	이건 네 책임이야. 난 너를 알아, 로더리고.
로더리고	예, 뭐든지 책임지고말고요. 하지만 각하, 그게 각하의 의향인가요? 심사숙고 끝에 동의하신 일인가요? 아하, 그런가 보군요. 글쎄, 이 한밤중에 아름다운 당신 딸이 좌우간 천한 뱃사공 한 놈밖에 없는 곳에서 저 무어인 놈 품에 함부로 안겨 있거든요. 이걸 당신이 알고 있고, 또 동의하신 일이라면 우리가 주제넘은 짓을 했나 보군요. 하지만 모르고 있었다면 그렇게 우릴 꾸짖으실 게 아니지요. 오해마세요. 버릇없이 각하를 조롱하거나 무시하려는 건 아니니까요. 거듭 말씀드리지만, 당신 딸이 허락도 받지 않고 외출한 것이라면 심한 불효를 한 셈이지요. 자식 된 도리며, 아름다움이며, 분별이며, 미래 등을 모조리 이곳저곳 방랑하는 떠돌이 외국인에게 내맡긴 셈이니까요. 당장 살펴보세요. 만일 이게 거짓말이라면 저는 법의 처벌을 감수하겠어요.
브라밴쇼	불을 켜라! 이봐, 초를 가져와! 집안사람을 모두 깨워라! 어쩐지 꿈

자리가 사나웠어. 내 가슴도 설레었고 말이야. 불을 켜라! 불을 켜! *(퇴장한다.)*

이야고 그럼 잘 있어요. 나는 가봐야만 하겠거든요. 무어인의 적수가 되었다간 내 입장이 난처하고 온당치도 않으니까. 난 우리 정부의 태도를 알고 있어. 글쎄, 이번 사건으로 그놈을 어느 정도는 질책한다 해도 쉽사리 파면할 수는 없단 말씀이야. 키프로스에서는 전쟁이 벌어졌는데 이 전쟁도 그놈이 맡게 되어 있지. 그놈 말고는 이 일을 감당할 만한 인물이 아무도 없거든. 그러니까 나는 그놈을 지옥의 고통처럼 미워한다 해도 당장 살아가려면 충성의 깃발과 간판을 내걸 수밖에 없는 거야. 그건 물론 가장하는 것뿐이지만 말이야. 그러면 당신은 사람들을 몰아 가지고 그놈의 숙소가 있는 새지타리Sagittry로 와보세요. 그놈은 틀림없이 거기 있을 거요. 나는 거기에 가 있겠어요. 그럼 나는 가요. *(이야고가 퇴장한다.)*

❧ *브라밴쇼와 횃불을 든 하인들이 아래층 입구에 등장한다.*

브라밴쇼 이거 야단났군. 딸년은 가버렸어. 이제 나의 희망 없는 여생에는 슬픔만 남았어. 이봐, 로더리고, 넌 내 딸을 어디서 보았지? 아, 불쌍한 년! 넌 그녀이 무어인하고 같이 있다는 게냐? 이러니 어디 애비 노릇을 해먹겠냐 이거야! 넌 그 여자가 내 딸년인지 어떻게 알았어? 아, 딸년이 애비를 감쪽같이 속이다니! 딸년은 네게 뭐라고 말했어? 촛불을 더 가져와. 집안사람들을 모조리 깨우라고. 네가 보기에 그들이 결혼을 해버린 것 같던가?

로더리고 그럼요. 그렇고말고요.

브라밴쇼	아이고, 맙소사! 도대체 그년이 어떻게 나갔지? 혈육이 다 배반하다니! 아버지들이여, 이제부터는 겉만 보고서는 딸자식을 믿지 마시오. 젊은 처녀의 마음을 흔들어 놓은 마약이 있지 않은가? 로더리고, 이런 내용의 글을 읽은 적이 있는가?
로더리고	예, 있지요.
브라밴쇼	내 동생을 깨워라. 아, 너를 사위로 삼았으면 좋았을 게야! 자, 한 패는 이쪽으로, 또 한 패는 저쪽으로 가라. 어디로 가면 딸년과 무어인 놈을 잡을 수 있을지 너는 아느냐?
로더리고	호위를 몇 사람 데리고 저를 따라오신다면 찾아 드리지요.
브라밴쇼	그럼, 안내해라. 난 집집마다 불러서 깨울 테야. 대개는 내 명령에 응할 테지. 이봐, 모두 무기를 들어라! 야경꾼들도 깨우고 말이야. 자, 로더리고, 네 수고는 잊지 않겠어. *(모두 퇴장한다.)*

1막 2장

다른 거리.

🍀 오델로, 이야고, 횃불을 든 수행원들이 등장한다.

| 이야고 | 저는 전쟁 중에 사람들을 죽이기도 했지만 계획적인 살인만은 여전히 제 양심이 허락하지 않아요. 전 악당이 되지를 못해서 가끔 |

베니스 거리 _ 16세기 판화

손해를 보고는 하지요. 그놈의 늑골 밑을 쿡 찔러 줄까 하고 도무지 몇 번이나 생각했는지 모르겠다고요.

오델로 잘했어.

이야고 하지만 그놈은 마구 욕설을 늘어놓는가 하면 장군님을 중상했지요. 성인이 아니라서 저는 간신히 참았다고요. 참, 결혼은 하셨나요? 아시다시피 저쪽 어른은 인망이 대단히 높고 사실상 베니스의 공작보다 두 배나 세력을 떨치거든요. 그러니까 그분이 장군의 이 결혼을 취소시키거나, 또는 국법의 한계 내에서 무슨 부당한 억압책을 강구할는지 모르지요.

오델로 자기 마음대로 해보라고 해. 공화국에 대한 나의 공적에 비추어 보면 그분의 고소쯤은 문제도 안 돼. 그리고 이건 여태껏 아무에게도 말하지 않았지만, 명예를 위해서 때로는 자랑도 필요하다면 이젠 입을 열겠는데, 나는 왕족의 혈통을 받은 사람이야. 내 공로

오델로로 분장한 19세기 배우 킨 Edmund Kean

로 봐서도 이번에 얻은 행운은 정정당당히 요구할 권리가 있지. 이봐, 이야고, 내가 데스데모나를 사랑하지 않는다면 무엇 때문에 이 자유스러운 처지를 가정의 우리 속에 얽매어 놓겠어? 대해의 보물을 얻는다고 해도 말이야. 그런데 저길 봐라! 저 횃불들은 뭐냐?

이야고 잠이 깬 그녀의 아버지와 그 일당들이지요. 장군님은 숨는 게 상책이에요.

오델로 아니야. 난 당당히 만나야만 해. 나의 기질이나 신분이나 양심 등 어느 모로 보나 당당히 행동해야지. 그 자들인가?

이야고 아닌 모양이군요.

❧ 캐시오와 횃불을 든 몇몇 관리들이 등장한다.

오델로	베니스 공작의 부하들과 내 부관이로군. 한밤에 수고들 한다! 무슨 일인가?
캐시오	공작의 전령이 왔어요. 장군님을 급히 곧 모시고 오라는 분부시지요.
오델로	네가 보기에 무슨 사건이 일어났을 것 같은가?
캐시오	키프로스에서 뭔가 정보가 들어온 모양이군요. 대단히 긴급한 일인 듯해요. 바로 오늘 밤에 함대로부터 십 여 차례나 잇달아 보고가 들어오고 있거든요. 원로원 의원들은 거의 전부가 잠자리에서 일어나 이미 공작 저택에 집합했지요. 장군님을 급히 모시고 오라는 분부였지만, 숙소에 가 봐도 안 계시고 해서 원로원은 세 갈래로 사람들을 보내서 찾고 있는 중이지요.
오델로	널 만나서 잘 됐어. 나는 집안에 일러 둘 말이 있어서 잠깐 안에 들어갔다 나오겠어. 그리고 나서 곧 같이 가자. *(안으로 들어간다.)*
캐시오	이봐, 기수, 장군은 여기서 뭘 하고 계시는 건가?
이야고	그야 뭐 오늘 밤 장군은 육지를 달리는 상선을 한 척 약탈했지. 이게 합법적인 전리품으로 결정된다면 그는 복도 많은 거야.
캐시오	난 무슨 말인지 모르겠어.
이야고	결혼했다 이거야.
캐시오	누구하고?

🌺 *오델로가 다시 등장한다.*

이야고	아니, 그게 말이야. 장군님, 가보실까요?
오델로	음, 가자.
캐시오	또 다른 무리가 장군님을 찾으러 오는군요.

오델로 : 무기에 호소하지 않아도 그만한 경륜이면 당신은 사리를 판단할 텐데요.

| 이야고 | 저건 브라밴쇼예요. 장군님, 그는 악의를 품고 온 거니까 조심하세요. |

브라밴쇼, 로더리고, 횃불과 무기를 든 관리들이 등장한다.

오델로	이봐! 거기 서라!
로더리고	각하! 저건 무어인 놈이에요.
브라밴쇼	저 도둑놈을 때려 눕혀라! *(쌍방이 칼을 빼든다.)*
이야고	잘 만났어, 로더리고! 내가 상대해 주지.
오델로	번쩍이는 칼을 칼집에 집어넣어라. 이슬이 묻으면 녹이 슬 테니까. 의원 각하, 무기에 호소하지 않아도 그만한 경륜이면 당신은 사리를 판단할 텐데요.
브라밴쇼	이 추잡한 도둑놈아! 내 딸은 어디 감춰놓았지? 이 망할 자식! 넌 내 딸을 요술로 홀려냈어. 글쎄, 사리를 생각해 봐라. 요술에 홀리

지 않고서야 그렇게도 상냥하고 아름답고 행복한 내 딸애가, 아니, 이 나라의 유복한 귀공자와 결혼하는 것도 마다하던 내 딸이 남들의 웃음거리가 되려고 애비의 슬하를 빠져나가 너 같은 사내의 그 시커먼 가슴에, 보기만 해도 소름이 끼치는 그 가슴에 안길 수가 있겠는가 말이야. 온 천하에 물어 봐라. 뻔한 일이 아니냐? 네가 요술을 부리지 않았느냐? 연약한 처녀를 네가 마약으로 홀리고, 분별을 잃게 하지 않았느냐? 나는 법정에서 진상을 규명할 테다. 틀림없을 게야. 그렇지 뭐냐? 그러니 나는 너를 체포하여 구금하겠어. 세상을 해치고 금지된 요술을 행사한 죄로 저놈을 결박하라. 반항하거든 사정없이 매질해라.

오델로　손을 대지 마라. 양쪽 모두 다 기다려라. 내가 싸워야할 경우라면 지시를 받지 않아도 내가 알아서 하겠어. 자초지종을 해명하지요. 어디로 갈까요?

오델로로 분장한 19세기 배우
올드리지 Ira Aldridge

브라밴쇼　　규정대로 법정에 호출될 때까지 감옥에 가 있어.

오델로　　　당신 말에 그대로 복종해도 괜찮을까요? 베니스 공작께서 쉽게 양
　　　　　　해하실까요? 이렇게 나에게 사람을 보내서, 긴급한 국사로 저를
　　　　　　즉각 호출하고 있잖아요?

관리1　　　 그건 사실이지요, 각하. 공작께서 회의를 소집하셨지요. 의원 각
　　　　　　하에게도 사람이 갔을 거요.

브라밴쇼　　뭐라고? 공작께서 회의를 소집하셨다니! 이 한밤중에! 저놈을 묶
　　　　　　어서 끌고 가라. 난 나대로 중대한 일이 있으니까. 공작 자신이나
　　　　　　동료 의원들도 이 수모를 남의 일처럼 여기지는 않을 게야. 이런
　　　　　　불법이 활개 치게 놓아둘 바에야 이 나라의 정치는 차라리 노예들
　　　　　　과 이교도들에게 맡기겠어. *(모두 퇴장한다.)*

회의실.

🍀 공작과 의원들이 탁자를 에워싸고 앉아 있고 관리 여러 명이
곁에 대기하고 있다.

공작   이 정보들은 갈피를 잡을 수 없어 믿을 수가 없군요.

의원 1   상호 일관성이 없어요. 내게 온 서류에는 적군의 함대가 백칠 척
            이라고 되어 있는데요.

공작   내가 받은 서류에는 백사십 척이라고 되어 있지요.

의원 2   내가 받은 서류에는 이백 척이라고 되어 있다고요. 이런 경우엔
            추측해서 보고하기 마련이니까 착오도 있을 법하지요. 하지만 정
            확히 일치하지는 않는다 해도 어쨌든 터키 함대가 키프로스로 진

격하고 있는 것만은 틀림없어요.

공작 그야 물론 있을 수 있는 일이지요. 숫자에 착오가 있다고 해서 안심할 수는 없어요. 하지만 난 사실 자체가 매우 우려된다 이거요.

수병 *(밖에서)* 여보세요! 여보세요! 여보세요!

관리 1 함대에서 전령이 왔어요.

🌸 *수병이 등장한다.*

공작 그래, 네 임무는 뭐지?

수병 터키 함대가 로우즈 섬을 향해 항해중이지요. 저는 이 사실을 정부에 보고하라는 엔젤로Angelo 제독의 명령을 받았어요.

공작 이 정세의 급변에 관해 여러분은 어떻게 생각하는 거요?

의원 1 도저히 그럴 리가 없어요. 우리를 속이기 위한 일종의 위장인 거요. 키프로스 섬은 터키에게 요충지일 뿐만 아니라, 우리가 모두 아는 바와 같이 로우즈 섬 이상으로 이해관계가 있는 동시에, 요새의 설비며, 장비며, 로우즈 섬보다 보잘것없는 실정이니까 훨씬 용이하게 공략할 수 있는 상태에 있지요. 이런 이치로 미루어 본다면 터키 군이 졸렬하게도 앞뒤를 거꾸로 하여 쉽고 유리한 공략을 포기한 채 무익한 모험을 하리라고는 도저히 생각되지 않는군요.

공작 음, 확실히 로우즈 섬이 목표는 아닌 것 같군.

관리 1 또 보고가 들어왔어요.

🌸 *사자가 등장한다.*

사자 보고 드립니다. 로우즈 섬으로 직행 중이던 터키 함대는 그 섬 부

	근에서 후속 함대와 합류했어요.
의원1	음, 내 그럴 줄 알았지. 후속 함대는 몇 척이나 되던가?
사자	삼십 척 가량이지요. 지금 다시 행동을 개시하여, 되돌아서 분명히 키프로스를 향하여 출동하기 시작했어요. 이상이 충성스럽고 용맹한 키프로스의 총독 몬타노Montano 각하의 보고입니다. 총독께서는 선처를 요청하고 계시지요.
공작	음, 확실히 키프로스가 그들의 목표란 말이로군. 마커스 루치코스Marcus Liccicos는 현지에 머물고 있지 않은가?
의원1	그는 현재 플로렌스에 체류 중이지요.
공작	그에게 보내는 내 명의의 서신을 작성하여 급히 사자를 파견하시오.
의원1	마침 브라밴쇼가 오고 있어요. 무어인 장군도 함께 오는군요.

브라밴쇼, 오델로, 이야고, 로더리고, 관리들이 등장한다.

공작	오델로 장군, 우리의 원수 터키를 격퇴할 임무를 장군이 당장 맡아주어야만 하겠소. (브라밴쇼에게) 난 당신이 오는 것도 몰랐군요. 참 잘 오셨어요. 오늘 밤 당신의 고견을 듣고 조력을 받고 싶던 참이었지요.
브라밴쇼	저도 역시 공작 각하의 고견과 조력을 바라지요. 실례지만 각하, 제가 이렇게 침대에서 일어나 여기 온 것은 직책 때문에도 아니고, 이 사건을 들었기 때문도 아니지요. 또는 위기를 우려해서도 아니고요. 사실은 저의 개인적인 비애가 타인의 슬픔들을 압도해 버릴 만큼 어찌나 걷잡을 수 없던지, 그저 그 일밖에는 제 안중에 없지요.

공작	아니, 무슨 일인가요?
브라밴쇼	내 딸년이! 아, 내 딸년이 말이에요!
모두	죽기라도 했나요?
브라밴쇼	예, 나에게는 죽은 거나 마찬가지요. 내 딸년이 돌팔이 의사한테서 입수된 마술과 마약으로 농락당했거든요. 바보도 아니고 장님도 아니며 정신도 건전한 그 애는 마술에 걸리지 않았다면 이렇게 터무니없는 실수를 할 리가 없다고요.
공작	그놈이 어떤 놈이든, 그런 괘씸한 수단으로 당신 딸의 마음을 속여 가지고 당신한테서 딸을 꼬여 내간 놈은 당신 자신이 엄한 법규에 따른 처분대로 극형에 처하시오. 설령 그 범인이 내 자식이라 해도 용서할 수 없는 일이지요.
브라밴쇼	감사합니다. 바로 이 무어인 놈이 범인이지요. 국사에 관한 각하의 특명으로 출두한 모양이지만 말이에요.
모두	유감스럽군요.
공작	*(오델로에게)* 자, 당사자로서 해명할 말은 없는 거요?
브라밴쇼	있을 턱이 없지요. 사실이 그러니까.
오델로	존경하는 원로원 의원 여러분, 내가 이 노인의 딸을 꼬여 내간 건 사실이지요. 결혼한 것도 사실이고요. 나의 죄목은 바로 이것뿐이지요. 나는 원래 말솜씨가 거칠고 얌전한 구변은 못하는 사람이지요. 이 두 팔은 힘이 생기기 시작한 일곱 살 때부터 오늘날까지 아홉 달만 제외하고는 줄곧 싸움터에서 전력을 다해 온 탓으로 나는 싸움 이외의 일반 세상일에 대해서는 잘 몰라요. 따라서 나 자신에 관해서도 변명할 재주는 거의 없지요. 그러나 여러분이 참고 들어 주신다면 사랑의 전말을 사실대로 솔직히 말씀드리지요. 도대체 무슨 마약, 무슨 요술, 무슨 주문, 무슨 마술을 써 가지고 내

가 저분의 따님의 마음을 얻었는지 말이에요. 나는 그러한 수단을 썼다고 고발당하고 있으니까요.

브라밴쇼 집안에서 얌전하게 지내던 처녀, 그토록 조용하고 단정하며 혹시라도 마음의 동요가 있을까 해서 얼굴을 붉히던 딸이, 아니, 그런 내 딸이 천성, 연령, 나라, 체면 등 만사를 무시한 채 보기만 해도 질겁할 남자를 사랑할 리가 없지요. 병신이나 바보라면 잘못 판단할는지 모르지만, 나무랄 데 없는 여자가 인정의 법칙을 어겨 과오를 범할 리는 없어요. 교활한 악마의 장난이 아니고서야 이런 해괴한 일이 어떻게 일어나겠어요? 그러니 거듭 단언하지만, 피를 교란시키는 어떤 강력한 약이나, 아니면 마법에 의하여 그만한 약효를 발휘하는 약으로 내 딸을 농락한 것이 분명하다고요.

공작 단언하는 것만으로는 증거가 되지 않아요. 좀 더 확실한 증거가 없는 한, 그런 빈약하고 피상적인 추측을 가지고 이 사람을 죄인으로 취급할 수는 없다 이거요.

의원 1 자, 오델로 장군이 말해 보시오. 과연 장군은 비열한 수단으로 처녀의 마음을 유혹했나요? 또는 정당하게 구애하여 마음과 마음이 이해하게 된 거요?

오델로 그럴 것 없이 새지타리로 사람을 보내 그녀를 불러온 다음, 자기 아버지 앞에서 그녀에게 물어 보시오. 만약 그녀의 말에 나에게 부당한 점이 있다면, 내가 받고 있는 신임과 지위를 박탈하는 것은 물론이고 사형을 선고해도 좋아요.

공작 데스데모나를 불러와라.

오델로 기수, 그들을 안내하라. 장소는 네가 잘 알고 있지. *(이야고와 시종이 퇴장한다.)* 그녀가 올 때까지 신 앞에 나의 혈기가 저지른 죄를 참회하는 심정으로 여러분의 귀에 사실대로 말씀드리지요. 어떻게 내가 그녀의 사랑을 얻고, 어떻게 그녀가 나의 사랑을 얻게 되었는지 말이에요.

공작 그럼 말해 보시오, 오델로 장군.

오델로 그녀의 아버지는 나를 사랑하여 자주 자기 집으로 불러서 나의 경력을 묻고는 했지요. 전투, 공성, 포위, 승패 등 해마다 겪어 온 나의 운명에 관해서 말이에요. 그래서 나는 어린 시절부터 그녀의 아버지가 지적하는 시기에 이르기까지의 나의 경험을 모두 얘기했지요. 그러니까 기가 막힌 모험들, 바다와 육지에서 겪은 가공할 사건들, 위기일발로 성벽을 뚫고 구사일생으로 살아난 일, 잔인한 적의 포로가 되어 노예로 팔렸다가 몸값을 치르고 석방된 일, 방랑 시절의 체험, 예를 들면 거대한 동굴이며, 불모의 사막, 험한 돌산, 암석, 하늘을 치받을 것만 같은 산악 등이 자연 화제에 오르게 됐지만, 하여간 그런 얘기를 해드렸지요. 그리고 동족을 잡아먹는 식인종 앤드로포파자이anthropophagi 족의 얘기, 어깨 밑에 머리가 달린 미개인 얘기도 해드렸지요. 그런 얘기들을 데스데모나도 열심히 듣고는 했어요. 하지만 그녀는 때때로 안으로 들

오델로 : 어깨 밑에 머리가 달린 미개인 얘기도 해드렸지요. _ 17세기 판화

어가게 되면 얼른 일을 마쳐 놓고 다시 돌아와선 열심히 얘기를
듣고는 했지요. 그러한 것을 눈여겨본 나는 한 번은 기회를 노려
가지고 그녀가 나의 방랑의 전 생애에 관해 진심으로 듣고 싶어
한다고 넌지시 말하도록 만들었지요. 그녀는 지금까지 띄엄띄엄
들었을 뿐 일관해서는 듣지 않았으니까요. 나는 승낙했고, 어렸
을 때 고생한 얘기를 꺼내서 종종 그녀를 울리고는 했지요. 나의
얘기가 끝나자 그녀는 나의 고생을 동정하고 깊은 한숨을 몰아쉬
는가 하면, 원, 그런 일이, 어머나, 신기해라, 딱해라, 원, 가엾어라,
이렇게 단언했지요. 그리고 자기가 그런 이야기를 차라리 듣지 말
았을 걸 하면서도, 자기도 그런 남자로 태어났더라면 좋았을 것이
라고도 말했고, 나에게 감사하고 이렇게 부탁을 했지요. 만일 내
친구 중에 그녀를 사랑하는 남자가 있거든 나와 같은 경험담을 애

오델로와 테스데모나 - 앙리 J. 프라델 작

기해 주도록 말이에요. 그러면 그 남자는 그녀의 사랑을 얻을 거라고요. 이 말에 힘을 얻어 나는 사랑을 고백했지요. 그녀는 지난날의 나의 고생을 동정하여 나를 사랑해 주었고, 나를 동정해 주는 까닭에 나는 그녀를 사랑했지요. 이것이 바로 내가 사용한 요술이지요. 당사자인 그녀가 왔군요. 직접 물어 보세요.

🌸 데스데모나, 이야고, 시종들이 등장한다.

공작   그런 얘기에는 나의 딸이라도 동요했을 거요. 브라밴쇼, 이렇게 된 이상 뒤처리나 잘 하시오. 맨주먹보다는 부러진 칼이라도 있는 게 낫다고 하니까.

브라밴쇼	어쨌든 내 딸년의 말을 들어 보라고요. 저 애한테도 죄가 없는 게 아니라면, 저 사람을 비난한 내 머리에 천벌이 내려도 좋아요. 자, 얘야, 이렇게 여러 어른들 앞에서 묻겠는데, 너는 누구 말에 가장 복종해야 될 것으로 아느냐?
데스데모나	아버지, 저한테는 두 가지 의무가 있어요. 아버지는 저를 낳으시고 길러 주셨어요. 이 은혜 때문에 저는 아버지를 존경해야 한다고 알고 있지요. 아버지는 제 의무의 주인, 그러니까 저는 아버지의 딸이에요. 하지만 여기 제 남편이 있어요. 어머니는 아버지를 자신의 친정아버님보다 소중히 생각하셨어요. 그와 마찬가지로 이 딸자식도 무어인 남편을 주인으로 섬기려 해요.
브라밴쇼	그럼 잘 살아라! 다 끝장났어. 공작 각하, 국사를 진행시켜 주십시오. 자식을 낳는 것보다 차라리 얻어다 기르는 것이 낫겠군요. 무어인 장군, 이리 와 바. 이렇게 된 바에야 이의 없이 내 딸을 주겠어. 내 딸이 아직 너의 것이 되지 않았더라면 단호하게 거절할 테지만, 네 행실을 생각하니 그녀가 내 무남독녀인 것이 천만다행이야. 글쎄, 네 탈선을 거울삼아 내가 난폭하게 자식들에게 족쇄를 채울는지도 모르니까 말이야. 나의 일은 끝났어요, 공작 각하.
공작	그렇다면 내가 당신의 입장에서 교훈을 하나 말해주겠소. 뜻밖에 이것을 발판으로 삼아 당신이 이 두 사람과 화해할 날도 있을 거요. 최악의 경우를 생각하면 슬픔도 끝나는 법이고, 섣불리 희망을 걸면 슬픔만 커질 뿐이지요. 지나간 불행을 슬퍼하는 것은 새로운 불행을 초래하는 것이고, 재난을 당해서 저항할 길이 없을 때에는 참으면 그 재앙도 조소거리로 변하지요. 도둑을 맞아도 미소를 짓는 자는 오히려 도둑한테서 무엇인가를 빼앗는 셈이지요. 무익한 슬픔에 잠기는 자는 자기 자신을 도둑질하는 셈이고 말이오.

브라밴쇼 그러면 키프로스를 터키 놈들에게 점령당해도 웃고만 있으면 빼앗기지 않은 게 되겠군요. 지금 하신 공작 각하의 말씀은 달리 위로받을 길이 없는 사람에게는 편리하겠지만, 비애를 참을 수 없는 자에게는 교훈도 고통이 될 뿐이지요. 교훈이란 이렇게도 저렇게도 해석되는 모호한 거라고요. 하여간 말은 말이니까요. 심장의 상처가 귀에 따라 붓는 약으로 완쾌됐다는 얘기는 여태껏 들어본 적이 없군요. 그럼 어서 국사를 진행시키십시오.

공작 터키 군이 대거 키프로스로 향하고 있지요. 오델로 장군, 그곳 요새의 사정은 장군이 잘 알고 있을 거요. 물론 매우 유능한 총독 대리가 주둔하고는 있지만, 일의 성패를 좌우하는 여론은 장군이 거

	기 가주어야만 안심이 된다는 거요. 그러니 수고스럽겠지만 장군은 신혼의 행복을 벗어 던지고 이 외적 소탕에 나서 주어야겠소.
오델로	원로원 의원 여러분, 습관의 위력으로 나는 간난신고(艱難辛苦)의 전쟁터를 오히려 포근한 깃털의 잠자리처럼 여기게 되었지요. 나는 유사시에 빨리 달려가고 싶은 심정이니, 터키 침략군을 소탕하는 임무를 완수하겠어요. 한 가지 특별한 요청은 나의 아내를 부탁하는데, 거처와 수당은 물론이고 그 밖의 편의 제공 등이 그녀의 가문에 부끄럽지 않도록 배려해 주시기 바란다는 거지요.
공작	그런 일 같으면 당신 장인에게 맡기시오.
브라밴쇼	그건 안 될 말씀이지요.
오델로	저도 반대해요.
데스데모나	저 역시 싫어요. 아버지와 함께 살면서 불쾌하게 해드리고 싶지는 않아요. 공작님, 제 말에 제발 귀를 기울여 주세요. 제 소원을 들어주세요.
공작	무슨 소원인가, 데스데모나?
데스데모나	제가 무어인을 사랑하고 같이 지내고 싶어 한다는 사실은 만사를 뿌리치고 오직 운명에 맡기게 된 이번 행동으로 보아 세상이 다 알 거예요. 저는 원래 그이의 성품을 그 마음속에서 발견했고, 그이의 명예와 용맹에 저의 몸과 마음을 바쳤어요. 그러니 저는 뒤에 처져서 안일한 나날을 보내고 남편만 출정한다면, 백년가약을 한 보람도 없이 독수공방하게 되니 얼마나 외롭겠어요? 제발 같이 가게 해주세요.
오델로	내 아내의 소원을 들어 주십시오. 그러나 하늘에 걸고 맹세하지만 절대로 나 자신의 욕정을 채우려고 애원하는 건 아니지요. 또는 정열과 혈기에 못이겨 나 자신의 만족을 취하기 위한 것도 아니

데스데모나, 브라벤쇼, 오델로 _ C.W. 코우프 작

지요. 오직 너그럽게 아내의 소원을 이루어주려는 것뿐이라고요. 제발 지나친 염려는 하지 마십시오. 아내와 같이 있다고 해서 내가 중대한 국사를 등한히 하지는 않을 거요. 만일 내가 날개가 가벼운 큐피드의 장난으로 긴장한 눈이 가려져서 경박하게 임무를 그르치고 저버린다면, 하녀들에게 나의 투구를 냄비 대용으로 사용하게 하고, 온갖 비천한 재앙을 나의 이름 위에 내리게 해도 좋아요.

공작   아내를 두고 가든 데리고 가든 장군 생각대로 하시오. 사태가 긴박하니 급히 출발하도록 하시오.

의원 1   오늘 밤 출발하시오.

오델로   예, 그렇게 하지요.

공작   내일 아침 아홉 시에 이곳에서 다시 회의를 합시다. 오델로 장군, 누군가 장교를 여기 남겨두고 가시오. 그 사람 편에 당신에게 임

	명장을 보낼 테니까. 기타 지휘 통솔에 필요한 사항도 같이 보낼 거요.
오델로	그러면 기수를 남겨두겠어요. 그는 정직하고 성실하지요. 그 밖에 뭐든지 보낼 필요가 있는 물건들은 그 사람 편에 보내 주십시오.
공작	그렇게 하겠소. 그럼 모두 편히 쉬시오. (브라밴쇼에게) 이봐요, 원로원 의원, 훌륭한 인품을 아름답다고 불러도 좋다면 당신 사위는 외관은 검어도 참으로 아름다운 인물이오.
의원 1	그럼 무어인 장군, 잘 다녀오시오. 데스데모나를 잘 보살펴주시고요.
브라밴쇼	무어인아, 네게 두 눈이 있다면 아내를 경계해라. 아비를 속인 여자니 남편인들 못 속이겠나?
오델로	아내의 절개에 내 목숨을 걸 테요! (공작, 의원들, 관리들이 퇴장한다.) 성실한 이야고, 내 아내를 너에게 부탁해야겠어. 네 부인이 그녀의 시중을 들게 하고, 나중에 때를 봐서 모두 데리고 오도록 해라. 데스데모나, 난 당신과 함께 얘기할 시간이 한 시간밖에는 없어. 게다가 뒤처리할 거며 지시할 일도 있지. 우린 시간을 엄수해야만 해. (오델로와 데스데모나가 퇴장한다.)
로더리고	이야고!
이야고	아, 웬일이야?
로더리고	도대체 나는 어떻게 해야 좋겠나?
이야고	흥, 가서 잠이나 자.
로더리고	당장 물에 투신자살할 테야.
이야고	네가 그런다면 나는 시원섭섭할 거야. 흥, 참으로 어리석은 놈이로군!
로더리고	사는 게 고통일 바에야 산다는 건 어리석어. 죽는 게 약이 된다면

처방이라고는 죽는 게 상책이야.

이야고   아, 못난 소린 집어 치워! 나는 이 세상을 사 칠은 이십팔, 이십팔 년 동안 보아 왔어. 그러나 이해관계를 분별할 줄 알고부터 나는 자기 자신을 아낄 줄 아는 놈은 보지 못했어. 그까짓 암탉 한 마리 때문에 투신자살할 바에야 나 같으면 차라리 사람 노릇을 그만두고 성성(猩猩)이나 되어 버리겠어.

로더리고   그럼 난 어떡하면 좋겠어? 이렇게 녹초가 되고 보니 난 정말 창피해. 하지만 내 힘으론 어쩔 도리가 없어.

이야고   힘이라니! 쳇! 이렇게 되고 저렇게 되는 게 다 자기 책임이야. 우리 육체가 정원이라면 의지는 정원사야. 그러니까 쐐기풀을 심든 상추를 심든, 히소프를 기르고 살갈퀴를 제거하든, 또는 한 가지 풀만 심든, 각종 풀을 섞어서 심든, 게을리 해서 묵히든, 또는 거름을 주어 부지런히 가꾸든, 어쨌든 이렇게 하든 저렇게 개선하든 만사가 모두 우리 의지에 달려있는 거야. 인간은 저울과 마찬가지인데 한쪽에 이성의 저울판이 있어서 욕정의 저울판과 균형을 취해 주지 않는다면, 비열한 본능에 사로잡혀 비참한 최후를 당하고 말아. 그러나 다행히도 이성이라는 게 있어서 욕정의 폭풍이며 육욕의 유혹이며 방종한 색욕 따위를 식힐 수가 있거든. 그러니 아마도 너의 애정이라는 것도 결국 그런 욕망의 새 싹과 같은 걸 테지.

로더리고   천만에!

이야고   그렇다면 그건 단순히 욕정의 소용돌이, 의지의 총퇴각일 거야. 이봐, 정신을 바짝 차려. 투신자살이라니! 그런 짓은 고양이나 눈먼 강아지에게 대신 시키라고. 난 일단 우정을 약속한 이상 너하고 앞으로 영원히 끊을 수 없는 친구가 됐다 이거야. 마침내 내가 너를 도와줄 제일 좋은 시기가 왔어. 네 지갑에 돈을 마련해라.

이야고 : 무어인들은 변덕이 심하지, 네 돈주머니에 돈을 채워라.

너는 가짜 수염으로 변장한 뒤 나하고 싸움터로 같이 가자. 알겠나? 두둑하게 돈을 마련하라니까. 데스데모나가 언제까지나 무어인 놈을 좋아할 수야 없어. 돈을 마련하라고. 그야 무어인 쪽에서도 매일반이지. 시작은 맹렬했는데 넌 끝장을 보게 될 거야. 지갑에 돈을 장만해라. 무어인 족이란 원래 변덕이 심하거든. 돈을 두둑하게 장만하라고. 지금은 그놈에게 음식이 로커스트 locust 열매같이 달겠지만, 곧 콜로퀸티다 coloquintida 사과처럼 쓰다고해서 뱉어버릴 게야. 그 여자도 또한 젊은 사람한테 쏠릴 게 빤해. 그 녀석의 육체를 포식하고 났을 때 그녀는 자신의 선택의 잘못을 깨달을 거야. 그러니까 돈을 준비해라, 돈을. 어차피 지옥에 떨어질 작정이라면, 넌 투신자살보다는 좀 더 근사한 방법을 취해야지. 돈을 긁어모아라, 돈을. 떠돌이 야만인과 간사한 베니스 계집 사이의 그럴 듯한 관계쯤은 내 지혜와 악마의 총출동에는 배겨

나지 못할 테니, 그때는 네가 그 여자를 즐길 수 있을 게 아니냐 이 말이야. 그러니까 돈을 마련해라, 돈을. 물에 투신자살을 하겠다니! 안 될 수작이야. 계집 하나 정복하지 못하고 투신자살을 할 바에는 차라리 실컷 즐겨나 본 뒤에 교수당할 각오를 하라고.

로더리고 　내가 네 말대로 한다면 넌 내 소원을 꼭 풀어 주겠어?

이야고 　문제없어. 자, 돈이나 마련해. 난 늘 말했어. 골백번이나 말했다고. 나는 무어인을 미워한다고 말이야. 내 원한은 뿌리가 깊어. 너도 마찬가지야. 자, 그러니 우리는 손을 잡고 원수를 갚자 이 말이야. 네가 간통에 성공한다면 너는 재미를 톡톡히 볼 테고, 나는 속이 시원할 테니까. 시간의 뱃속에는 여러 가지 일들이 잉태해 있어서 달이 차면 태어나게 마련이거든. 자, 어서 가서 돈을 장만해라. 그럼, 내일 아침에 다시 얘기하자. 잘 가라.

로더리고 　내일 아침 어디서 만나지?

이야고 　내 숙소에서.

로더리고 　난 아침 일찍 찾아가겠어.

이야고 　잘 가라. 참, 이거 봐.

로더리고 　왜 그래?

이야고 　제발 물에 빠져 죽지는 마. 알았나?

로더리고 　난 생각을 돌렸어.

이야고 　그럼 가봐. 돈을 두둑하게 장만하라고.

로더리고 　내 땅을 모조리 팔 테야! *(퇴장한다.)*

이야고 　이렇게 해서 바보는 항상 내 돈지갑이 되지. 어차피 저런 바보를 상대로 시간을 낭비하면서도 내가 재미도 못 보고 실속도 차리지 못한다면 내가 연마한 지식의 위신 문제야. 가증할 무어인 놈 같으니! 그놈이 내 이불 속에서 내 대신 어떤 짓을 했다는 소문도 나

돌고 있어. 사실 여부는 알 수 없지만 말이야. 하지만 나는 그런 소문을 들은 이상, 단순한 의심뿐이지만 마치 확증이 있었던 것처럼 복수를 해주지 않고서는 내 속이 시원치 않아. 그놈은 나를 철석같이 믿고 있지. 그만큼 내 목적을 달성하기에는 안성맞춤인 게야. 캐시오는 미남이지. 음, 그 녀석의 지위를 뺏는다. 그래서 흉계에 일거양득(一擧兩得)의 효과를 올린다. 음, 음, 그 다음은 뭐지? 그러고는 얼마 뒤에 그 녀석이 오델로 아내와 너무 친하다고 오델로 귀에 대고 꼬아 바친다. 그 녀석은 인품이 온화한 놈이니까 여자를 농락하게 생겨 먹은 놈이라고 금방 혐의를 받게 마련이지. 한편 무어인 놈은 관대하고 솔직하니까 사람들이 외관으로 성실하게 보이면 속도 그런 줄 알거든. 그러니 나라도 그놈의 코를 잡고 나귀처럼 맘대로 끌고 다닐 수 있지. 됐어, 다 됐어. 이제는 지옥과 암흑의 힘을 빌려서 이 괴물이 세상의 햇빛을 보게 해야겠어. *(퇴장한다.)*

2막 1장

키프로스의 항구. 부두 근처의 빈터.

🌺 몬타노와 신사 두 명이 등장한다.

몬타노 　　곶(岬)으로부터 바다에서 무엇이 보이지요?

신사 1	아무것도 안 보여요. 풍랑이 심할 뿐, 하늘과 바다 사이에는 돛대 하나도 보이지 않아요.
몬타노	하긴 육지에서는 대단한 바람이 일고 있는 모양이지요. 이 성벽만 하더라도 그만한 질풍은 받아 본 적이 없었거든. 질풍이 그렇게 바다 위를 휩쓸었다면, 참나무 늑재(肋材)도 산사태 같은 노도에 짓눌려서 박살이 났겠지요. 도대체 사태는 어떻게 된 거요?
신사 2	터키 함대는 산산이 흩어져 버린 모양이군요. 파도치는 이 기슭에서 바라보세요. 사나운 파도가 하늘을 찌르는가 하면, 바람에 뒤끓는 해면은 무서운 갈기를 풀어헤친 채 불타는 곰 자리에다 물을 끼얹어 고정된 북극성을 지키는 별들의 빛을 꺼버릴 기세거든요. 이렇게 성난 바다를 난 이때까지 본 적이 없지요.
몬타노	터키 함대도 항구에 들어가 피난이라도 하지 않는 한 침몰했을 거요. 이래도 무사할 리는 없다고요.

❦ 신사 3이 등장한다.

신사 3	여러분, 소식이 왔어요! 전쟁이 끝났다 이거요. 이 지독한 폭풍우가 터키 놈들을 쳐부수고 적의 계획은 좌절됐지요. 베니스에서 온 우리 함대는 적군의 함대가 대부분 비참하게 조난당한 현장을 목격하고 왔다는 거예요.
몬타노	저런! 그게 정말이오?
신사 3	우리 군함이 입항했어요. 베로나 Verona에서 제조한 배지요. 용감한 무어인 오델로 장군의 부관인 마이클 캐시오가 상륙했고요. 무어인 장군 자신은 아직 해상에 계시는데 키프로스 수비의 전권을 위임받았다고 하더군요.

몬타노	참 잘 됐군. 그분은 훌륭한 장군이오.
신사 3	그런데 바로 이 캐시오라는 사람은 터키 함대의 전멸을 기뻐하면서도 한편으로는 몹시 걱정되는 모양인데, 무어인 장군이 무사하길 빌고 있었지요. 이 맹렬한 폭풍우 때문에 서로 헤어지게 되었거든요.
몬타노	그분에게 아무 일도 없었으면 좋겠군. 나는 그분 밑에서 근무한 적이 있는데 그분은 참으로 대장다운 분이지요. 자, 해안으로 가 봅시다! 입항하는 배를 지켜보는 동시에 바다의 푸른빛과 하늘의 푸른빛이 구별될 수 없게 될 때까지 응시하면서 오델로 장군을 기다립시다.
신사 3	예, 그렇게 하지요. 이러고 있는 사이에 언제 배가 들어오는지 모르거든요.

캐시오가 등장한다.

캐시오	군사적 요충지인 이 섬을 지키는 용감한 당신이 무어인 장군을 칭찬해 주시니 감사합니다! 신이여! 신이여! 장군을 이 풍우로부터 보호해 주십시오! 나는 위험한 해상에서 장군을 잃고 말았거든요.
몬타노	장군의 배는 튼튼한가요?
캐시오	그 배는 구조도 튼튼하고, 선장도 경험이 많은 유능한 사람이지요. 그러니까 저도 안심은 되지 않지만, 그분이 틀림없이 안전하시리라고 생각하고 있지요.

안에서 '배다, 배야! 배다!' 하는 소리. 신사 4가 등장한다.

캐시오	저 소란한 소리는 뭐지요?
신사 4	이 도시는 텅 비었어요. 모든 사람들이 바닷가에서 열을 지은 채 '배가 보인다!' 하고 외치고 있지요.
캐시오	그건 장군이 틀림없을 거요. *(대포 소리가 들린다.)*
신사 2	예포가 발사되고 있군요. 어쨌든 우리 편이 틀림없어요.
캐시오	가서 누가 도착했는지 확인해 주시오.
신사 2	그렇게 하지요. *(퇴장한다.)*
몬타노	그런데 부관, 장군께서는 부인이 계신가요?
캐시오	확실히 운이 좋은 분이지요. 그 무엇으로도 형용할 수 없고 이야기책에서도 볼 수 없다는 부인을 맞이하셨거든요. 아무리 좋은 문구를 짜내도 따를 수 없고, 천성의 아름다움은 어떠한 명필도 표현할 수 없다는 부인을 말이어요.

🌸 *신사 2가 다시 등장한다.*

캐시오	어떻게 되었지요? 누가 입항한 거요?
신사 2	장군의 기수인 이야고라는 분이지요.
캐시오	다행히 빨리 도착했군. 모진 바람도 거친 파도도, 죄 없는 배를 노리는 비겁한 암초도, 그리고 여울도 아름다운 것을 알아 봤는지 참혹한 본성을 숨긴 채 천사와도 같은 데스데모나를 무사히 통과시켜 주었군.
몬타노	그건 누구를 말하는 거지요?
캐시오	조금 전에 제가 말한 부인, 우리 장군의 대장이라고 할 그 부인을 가리키는 거지요. 용감한 이야고가 그녀를 호위하고 있는데 우리 예상보다 일주일이나 빨리 도착한 셈이군요. 조우브 Jove 신이여,

캐시오 : 부인, 축하합니다! 하느님의 은총이 전후 사방으로 부인을 에워싸기를 빕니다!

이제는 오델로 장군을 보호해 주십시오! 그리하여 그분이 데스데모나의 품에서 격정을 달래고, 우리의 침체한 사기를 새로 불타오르게 하여 키프로스 섬 전체가 환희로 들끓게 해주십시오!

🍀 *데스데모나, 이밀리아, 이야고, 로더리고, 시종이 등장한다.*

캐시오   아, 보시오. 배의 보물이 상륙해요! 키프로스의 여러분, 장군 부인에게 인사를 드리시오. 부인, 축하합니다! 하느님의 은총이 전후 사방으로 부인을 에워싸기를 빕니다!

데스데모나   고마워요, 캐시오 부관. 장군께서 어떻게 되셨는지 아세요?

캐시오   아직 도착하지 않으셨군요. 보고도 없지만 곧 무사히 도착하실 거요.

데스데모나   아, 그렇군요. 하지만 난 걱정이 되요. 어떻게 해서 서로 헤어지게 되었지요?

캐시오   바다와 하늘이 서로 지지 않는 사나움 때문에 우린 서로 떨어지게 되었지요. 그런데 저 소리를 들어 보세요! 배라고요! *(안에서 '배다, 배다' 하는 소리. 예포 소리.)*

신사 2   성을 향해서 예포가 발사되는군요. 이번에도 우리 편 배로군요.

캐시오   가서 알아보고 오시오. *(신사가 퇴장한다.)* 기수, 잘 왔소. *(이밀리아에게)* 부인도 잘 오셨고요. 이야고, 나의 친절이 약간 도를 넘는다 해도 성내지는 말아요. 이렇게 대담하게 인사하는 게 나의 격식이니까. *(이밀리아에게 키스한다.)*

이야고   나는 아내의 잔소리에 골치가 아픈데, 당신도 그 입술을 나만큼 받아 본다면 아마 진력이 날 거요.

데스데모나   어머나, 별로 말이 없는 부인이잖아요.

이야고	천만에요. 말이 너무 많아 탈이라고요. 내가 잠을 잔다고 할 때가 되면 큰일이지요. 그야 부인 앞에서는 그녀가 자기 혓바닥을 가슴에 말아 넣은 채 하고 싶은 말도 뱃속으로 중얼거릴는지 모르지만 말이에요.
이밀리아	별소릴 다 들어 보겠어요.
이야고	허, 허. 대체로 여자들이란 바깥에서는 그림자같이 얌전하지만 일단 집에 돌아오면 시끄럽기가 울리는 종과 같고, 부엌에서는 꼭 살쾡이지. 나쁜 짓은 성인같이 시치미를 떼고 해내는 주제에 한번 성만 나면 마귀 같지. 정작 바쁠 때는 빈둥거리면서 이불 속에선 바쁘게 돌아가지.
데스데모나	어머, 저런, 입이 걸기도 해라!
이야고	아니, 정말이지요. 이게 거짓말이라면 나는 터키 사람이라고요. *(자기 아내에게)* 당신은 잠자리에서 일어나면 놀고, 드러누우면 일하는 여자잖아.
이밀리아	그렇게 날 칭찬해 주지 않아도 되요.
이야고	그러니까 칭찬받도록 처신하지 말란 말이야.
데스데모나	당신이 나를 칭찬한다면 뭐라고 할 건가요?
이야고	아, 부인, 그렇게 나를 공격하지는 마세요. 나는 입을 열기만 하면 욕이 먼저 나오거든요.
데스데모나	그러지 말고, 자, 말해 봐요. 누군가 부두에 갔나요?
이야고	예, 갔지요.
데스데모나	*(방백)* 난 재미가 조금도 없어. 하지만 그런 내색은 하지 않은 채 들어 봐야겠어. *(큰 소리로)* 그래, 날 칭찬해 봐요. 뭐라고 할 거예요?
이야고	칭찬은 지금 내 입에서 나오는 중이지만, 그 명구(名句)가 내 머리

에 달라붙어서 마치 끈끈이가 헝겊에 붙은 것처럼 머리에서 잘 떨어지질 않는군요. 무리하게 잡아떼면 뇌 속의 골이 끌려 나올 지경이지요. 자, 이제 나의 사색의 여신 Muse이 해산기가 돌기 시작하는군요. 자, 낳았어요. 딸을 낳았다고요. 이렇게요. 얼굴이 희고 지혜가 있다면, 얼굴이 희니 좋고, 지혜가 있으니 더욱 좋지요.

데스데모나 정말 멋있어요! 그럼 얼굴이 검고 지혜가 있다면?

이야고 얼굴이 검어도 지혜만 있다면, 검은 얼굴에 어울리는 얼굴이 흰 남편을 얻을 거요.

데스데모나 점점 더 나빠지는군요.

이밀리아 얼굴이 희어도 바보라면 어떻게 되지요?

이야고 얼굴이 흰 여자치고 바보는 없어. 바보짓을 하더라도 자식은 얻게 되니까.

데스데모나 그런 건 모두 술집에서 바보들을 웃기는 낡은 바보 소리예요. 그럼 얼굴이 검고 지혜도 없는 여자에게는 뭐라고 비참하게 찬사를 하나요?

이야고 얼굴이 검고 바보라 해도, 지혜를 갖춘 미인 못지않게 음탕한 장난에는 선수지요.

데스데모나 아, 점점 내가 모르는 소리만 하는군요! 당신은 제일 못된 것을 제일 좋다고 칭찬해요. 그럼 정말로 훌륭한 여자는 어떻게 칭찬할 건가요? 정말로 똑똑해서 욕을 해주고 싶어도 칭찬하지 않고는 못 배길 그런 여자 말이에요.

이야고 얼굴이 예뻐도 거만하지 않고,

말을 잘해도 떠들지 않고,

돈이 많아도 사치하지 않고,

마음대로 되는 일도 욕심을 버리고,

성이 나고 복수를 곧 할 수 있어도 꾹 참고,

게다가 머리는 그렇게 나쁘지 않고,

생각은 깊으나 겉으로는 내색하지 않고,

남자들이 줄줄 따라와도 거들떠보지도 않는

그런 여자가 있다면, 그런 여자가 있다면 말이에요.

데스데모나   어떻게 하겠어요?

이야고   자식새끼들에게 젖이나 빨리고 가계부나 적게 하지요.

데스데모나   어머나, 시시하기 짝이 없는 결론이군요! 이밀리아, 저분이 아무
리 네 남편이라 해도 그의 말을 곧이듣지 말아요. 안 그래요, 캐시
오? 저분은 함부로 그런 무례한 말만 하는 사람인가요?

캐시오   부인, 그는 군인이니까 원래 입이 건 사람이지요. 그를 학자라고

생각하시면 안 되지요.

이야고   (방백) 저놈이 여자의 손을 만지는군. 그리고 음, 귓속말을 해. 나는 이렇게 작은 거미줄을 쳐놓고 캐시오라고 하는 큰 파리를 잡을 테야. 흥, 그렇게 눈웃음으로 알랑대는군. 잘 한다. 네가 그렇게 은근히 처신하고 있을 때, 난 너를 꼼짝 못하게 만들 테다. 그래, 흥, 그래. 너는 손가락 셋을 합쳐서 키스하고 신사인 척하지만 이제는 내 꾀로 부관 자리에서도 미끄러질 판이니까 그 짓은 안 하는 게 나을 게야. 잘 한다. 멋진 키스야! 훌륭한 인사야! 손가락을 또 입에 갖다 댄다? 차라리 관장하는 도구를 네 입에 물고 있는 게 너를 위해서도 좋을 게야! (안에서 나팔 소리.) 무어인 장군이다! 그분의 나팔이야.

캐시오   확실히 그래요.

데스데모나   마중하러 갑시다.

캐시오   보세요, 벌써 오셨다고요!

🌸 오델로와 종자들이 등장한다.

오델로   아, 나의 어여쁜 여장군!

데스데모나   나의 그리운 오델로!

오델로   여기 당신이 와 있는 걸 보고 나는 놀라기도 했지만 대단히 반갑군. 아, 참으로 기쁘다! 폭풍우가 지나간 뒤 언제나 이러한 고요함을 가져온다면, 바람은 죽은 자들을 일으켜 깨우게 할 정도로 불어도 괜찮아! 배가 아무리 희롱 당하고 올림포스 산만큼 높이 들어 올리어져 천국에서 지옥으로 곤두박질하더라도 상관없어! 죽는다면 지금 죽는 것이 제일 행복할는지도 몰라. 뭐라고 말할 수 없이 마음이 충족한 상태라서 이러한 만족은 미지의 장래에 두 번 다시 오지는 않을 것만 같거든.

데스데모나 아니, 그런 말씀은 하지도 마세요. 하느님, 우리들의 애정도 기쁨도 날이 갈수록 점점 더 깊어지게 해주십시오!

오델로 신들이여, 나도 그렇게 기도드립니다! 이 충족된 기분을 어떻게 표현해야 좋을지 모르겠어. 만족감으로 꽉 막혀서 말이 나오질 않아. 과분한 기쁨이지. 바로 이거야. 이렇게 하는 거야. 두 사람 사이가 가장 많이 벌어진 때에도 말이야. (키스한다.)

이야고 (방백) 음, 지금은 네 장단이 잘 맞아! 하지만 두고 봐. 이제 내가 곧 그 줄의 조리개를 비틀어 놓을 테니까. 내 명예를 걸고라도 그렇게 해놓고말고.

오델로 자, 성으로 갑시다. 여러분, 들어 보시오. 터키 함대는 침몰했고 전쟁은 끝났다 이거요. 이 섬의 내 친구들은 어떻게 지내고 있지요? 데스데모나, 당신도 이 키프로스에서 대환영을 받을 거요. 나도 대단한 환대를 받은 적이 있거든. 아, 여보, 난 요령 없는 이야기만 했어. 너무 기뻐서 혼자 떠들었어. 이야고, 수고스럽지만 부두에 가서 배에 있는 내 짐들을 가져와라. 그리고 선장을 성으로 안내해라. 그는 좋은 사람이야. 그리고 똑똑한 사람이니 잘 대해 주어라. 자, 데스데모나, 이렇게 키프로스에서 다시 만나 기쁘기가 한이 없소. (오델로, 데스데모나, 시종들이 퇴장한다.)

이야고 부두에 가 있어. 나도 곧 갈 테니까. (로더리고에게) 어이, 이리와. 비천한 놈이라도 여자한테 반하면 평소보다 훌륭하게 된다고 하는데, 너도 좀 용기가 생겼다면 내 얘기를 들어봐. 부관은 오늘 밤 야경을 보게 돼 있어. 그래서 우선 네게 해주는 말이지만, 데스데모나는 분명히 그 녀석을 사랑하고 있어.

오델로가 돌아오다.
_ 토머스 스토타드 작

로더리고 그 녀석을! 그럴 리가 없어.

이야고 이렇게 손가락을 네 입에다 대고 조용히 내 말을 듣기나 해. 이거
봐, 그 여자가 처음에 무어인한테 반한 건 그놈이 그녀에게 꿈같
은 거짓말을 불려서 해댔기 때문에 그런 거라고. 그까짓 거짓말
에 여자가 언제까지 반하겠어? 넌 분별력만 가지고도 이만한 건
알 만해. 그 여자도 눈요기가 하고 싶을 텐데, 그 악마 같은 얼굴을
보고 있어 봤자 무슨 눈요기가 되겠어? 재미를 본 뒤 열이 식으면,
그걸 한 번 더 부채질해서 싱싱한 식욕을 만족시키기 위해서는 얼
굴도 잘생기고 나이도 서로 맞으며 풍채며 외모도 근사해야 되겠
는데, 무어인은 모든 면에서 낙제야. 그러니 그런 조건이 부족하

면, 그녀의 섬세한 마음씨도 스스로 속았구나 싶어서 여태껏 먹은 것도 토하고 싶어지고 무어인이 싫어지고 미워지거든. 이것이 인간의 본성이고, 그 지시로 어떻게 해서든지 다음 상대가 필요해지는 거야. 그래서 말이야, 반드시 그렇다고 하면, 이거, 뭐, 명백한 자연의 이치지만, 그렇다면 그 캐시오 녀석 이외에 누가 그 행운의 계단을 발로 밟고 있단 말인가? 그는 혀도 머리도 잘 도는 놈이니까 말이야. 양심은 있지도 않아. 더러운 욕정만 가만히 만족시키고 나면 나중엔 얌전한 척 남과 같이 시치미를 떼고 더 이상은 아랑곳하지 않는 놈이야. 응, 안 그래? 간사하고 교활한 놈이야. 기회만 노리고, 조건이 나쁠 때도 자기 마음대로 기회를 만들어 내는 수완을 가진 놈이야. 꼭 악마 같은 놈이야. 게다가 얼굴은 잘 생겼겠다, 나이는 젊겠다, 어리석은 풋내기 계집애들이 반할만한 조건은 모두 갖추고 있어. 완전 무결하고도 지독한 악당이야. 그래서 그 여자가 이미 눈독을 들인 거라고.

로더리고　난 그 여자가 그렇다고는 믿을 수 없어. 그녀는 꼭 천사거든.

이야고　쳇, 천사라니! 그 여자가 마시는 포도주도 다 같은 포도로 된 게 아니냐? 천사라면 무어인 같은 거한테 반하지도 않아. 큰일 날 천사로군! 그 여자가 캐시오의 손바닥을 만지작거리고 있는 걸 너는 못 봤냐? 눈치도 못 챘어?

로더리고　그야 봤지. 하지만 그건 인사하는 거였지 뭐.

이야고　생각이 달라서 그래. 틀림없어. 그건 욕정의 서론, 음란의 서막이야. 입술을 그렇게 마주 대고 입김과 입김이 서로 맞닿았어. 로더리고, 그건 음탕한 생각이 있으니까 그런 거라고! 그렇게 진행하고 있다가 다음은 진짜 활극을 벌여 꽉 붙어 버리고 말거든. 쳇! 어쨌든 내 말을 들어. 내가 너를 베니스에서 데리고 온 거야. 너는

	오늘 밤 야경으로 나가라고. 지휘는 내가 해주겠어. 캐시오는 너를 몰라볼 거야. 내가 가까이 있어 줄 테니까 너는 무슨 때라도 써서 캐시오의 비위를 건드려라. 큰 소리로 떠들든지, 그놈에 대해 욕을 하든지, 그때 형편을 봐서 뭐든지 네 마음대로 해서 말이야.
로더리고	알았어.
이야고	그 녀석은 성미가 급하고 화를 매우 빨리 내니까 너를 때리려고 들 거야. 그 녀석이 그렇게 나오도록 만들란 말이야. 그러면 내가 그걸 계기로 삼아 키프로스의 큰 소동으로 확대시킬 테야. 캐시오를 파면시키지 않는 한 도저히 진압되지 않을 정도의 큰 소동으로 말이야. 게다가 더 좋은 방법으로 네 소원도 성취시키고 장애물도 적당히 없애 버려야겠어. 그렇지 않고서는 우리에게 좋은 일은 도저히 생기지 않아.
로더리고	네가 기회만 만들어 준다면 난 그렇게 해보겠어,
이야고	그건 내가 책임지지. 곧 성에서 다시 만나자. 나는 장군의 짐을 가지러 가야겠어. 그럼 잘 가.
로더리고	잘 가라. (퇴장한다.)
이야고	캐시오가 그 여자에게 반한 건 틀림없어. 그 여자가 그 녀석에게 반한다는 것도 있을 수 있는 일이고. 무어인 그 놈은 내가 못마땅하게 여기긴 하지만, 그래도 건실하고 인정 많고 훌륭한 놈이긴 해. 데스데모나에게는 매우 소중한 남편이라고 할 수 있지. 그렇지만 나도 그 여자에게 마음이 있어. 그렇다고 오직 욕정 때문만은 아니야. 하기야 그런 면이 전혀 없다고는 할 수 없지만 말이야. 한편으로는 원수를 갚기 위한 거야. 그 음탕한 무어인 녀석이 나의 잠자리에 들어간 혐의가 있으니까. 그걸 생각하면 나는 독이라도 마신 것처럼 뱃속이 온통 쥐어뜯기는 것만 같아. 어떻게든지

그 놈에게는 동등하게, 계집은 계집으로 복수해 주지 않고서는 시원치 않다 이거야. 그렇게 하지 못한다면 적어도 무어인이 사려 분별로는 억제하지 못할 맹렬한 질투쯤은 하도록 만들겠어. 이 일을 잘 해내려면, 우선 저 베니스의 개 로더리고 놈이 몸이 달아 뛰어가는 것을 내가 잡아 매놨으니까, 그놈이 잘 조종된다면 마이클 캐시오는 내 마음대로 될 테지. 나는 귀가 따갑도록 무어인에게 그 녀석의 험담을 할 테야. 캐시오 녀석도 내 베개를 베고 잤다는 혐의가 있으니까. 그리고 내가 무어인 놈을 실컷 바보 취급하고 휘둘러 대서 그 놈의 편안한 마음을 미칠 정도로 들쑤셔 놓아도, 나는 너에게 감사한다, 나는 네가 좋다, 너에게 보답한다고 그 놈이 나에게 말하도록 해줄 테야. *(이마를 가리키며)* 만사는 여기 들어 있지만, 아직은 복잡하니까 흉계의 정체는 유사시가 아니면 분명하지 않거든. *(퇴장한다.)*

2막 2장

키프로스의 거리.

🌿 *포고를 담당하는 관리가 포고문을 들고 등장한다. 뒤따라 주민들이 등장한다.*

포고 관리	우리의 고귀하고 용감하신 오델로 장군의 분부를 전달한다. 지금 터키 함대가 전멸했다는 확실한 보고가 들어왔으니 모두 우리의 승리를 축하하라. 더욱이 이 기쁜 소식에 겹쳐서 오늘은 오델로 장군의 결혼을 축하하는 날이니, 춤을 추든 모닥불을 피우든, 각자 마음대로 축하연회를 벌여라. 이상, 장군의 말씀을 포고한다. 성 안에 있는 주방(廚房)을 모두 개방해 놓았으니, 다섯 시 현재부터 열한 시에 종이 울릴 때까지 모두 음식을 자유로이 들라. 키프로스 섬과 오델로 장군 만세! *(모두 퇴장한다.)*

2막 3장

키프로스. 성 안의 홀.

🍀 오델로, 데스데모나, 캐시오, 시종들이 등장한다.

오델로	이봐, 마이클, 오늘 밤 야간경비의 지휘는 네가 해라. 각자 조심해서 체면을 잃지 않게 하고, 떠들더라도 도를 넘어서는 안 돼.
캐시오	만사를 이야고가 잘 알아서 할 거예요. 물론 저 자신도 잘 감독하겠어요.
오델로	이야고는 정말 성실한 사람이야. 마이클, 잘 있어. 내일 아침 일찍 만나서 또 얘기하자. *(데스데모나에게)* 자, 데스데모나, 피로연은

끝났으니 이제 정말 결혼이오. 당신과 나는 이제부터가 참으로 즐거운 시간이오. *(캐시오에게)* 잘 있어. *(오델로, 데스데모나, 시종들이 퇴장한다.)*

❀ 이야고가 등장한다.

캐시오	이야고, 잘 왔어. 우리는 파수를 봐야겠어.
이야고	부관님, 시간이 아직 안 되었다고요. 아직 열시 전이거든요. 장군은 데스데모나 부인이 예뻐서 못 견디겠으니까 이렇게 일찍 들어가 버리셨군요. 그것도 그럴 수 밖에요. 아직 하룻밤도 달콤하게 지내지 못하셨으니까. 저 조우브 신도 반할만한 미인하고 말이에요.
캐시오	데스데모나는 참으로 훌륭한 부인이지.
이야고	거기다 제법 솜씨가 능란한 모양이지요. 분명히 그래요.
캐시오	정말, 신선하고 아름다운 분이야.
이야고	얼마나 아름다운 눈을 하고 있는지요! 그녀의 눈은 남자의 마음을 뒤흔들어 놓는 것 같다고요.
캐시오	사람을 끄는 것 같은 눈이야. 그래도 정말 정숙하게 여겨지거든.
이야고	또 그 목소리를 듣는 사람은 누구든지 사랑을 속삭여 보고 싶어지지 않아요?
캐시오	정말 완전무결한 분이야.
이야고	아, 두 분의 신방은 축복을 받아라! 그런데 부관님, 술을 좀 준비해 놓았지요. 사실은 키프로스의 젊은이들 두세 명이 흑인 장군 오델로의 건강을 축배하면서 밖에서 기다리고 있거든요.
캐시오	이야고, 오늘 밤은 안 돼. 나는 술이 약해서 탈이야. 축하를 하더라도 어떻게 다른 방법은 없을까 몰라.

이야고	하지만 모두 우리의 좋은 친구들인 걸요. 그러지 마시고 딱 한 잔만 하세요. 다음 잔부터는 내가 부관님 대신 마실 테니까요.
캐시오	사실은 오늘 밤 딱 한 잔만 하려고 했는데, 벌써 한 잔 했어. 그것도 물을 타서 마셨지. 그런데 이 꼴을 좀 보라고. 불행히도 나는 이게 큰 약점이거든. 나 자신도 그 점을 잘 알고 있으니까 무리는 하지 않기로 했어.
이야고	아, 기운을 내요! 오늘 밤은 진탕 마셔야만 해요. 젊은 것들도 그걸 소망하고 있거든요.
캐시오	모두 어디 있는데?
이야고	바로 입구에 있지요. 들어오라고 합시다.
캐시오	그럼 들어와도 좋아. 하지만 난 별로 마음이 내키지 않아. *(퇴장한다.)*
이야고	저놈은 오늘 밤 벌써 한 잔 마셨다고 했어. 이제 한 잔만 더 먹이면 저놈은 젊은 여자들이 끌고 다니는 개처럼 이빨을 내밀고 짖어 댈 거야. 한편 저 못난 로더리고는 사랑에 눈이 어두워 앞뒤를 분간 못하고 오늘 밤은 데스데모나에게 축배를 올린다면서 술병 째 들고 퍼붓듯이 마셨는데, 그 놈도 같이 야간경비를 서기로 되어 있지. 그리고 키프로스 섬의 그 젊은이 세 명은 모두 집안도 좋고 기품도 있으며 초연하게 명예를 존중하지만, 싸움을 좋아하기로는 이 섬의 알짜배기들이야. 오늘 밤 나는 저놈들에게 충분히 술을 먹여서 얼근하게 만들어 놓았는데, 저놈들도 야간경비를 선다 이거야. 이 주정뱅이들이 모여 있는 가운데 나는 저 캐시오를 자극하여 온 섬이 떠들썩하게 만들어 놓을 테야. 아, 그놈들이 오는 모양이군. 내 계획대로 진행된다면 내 배는 바람도 좋고 물때도 좋아서 돛을 달고 떠나는 셈이야.

꿀 *캐시오가 몬타노와 섬의 신사들을 데리고 다시 등장한다. 그 뒤를 하인이 술을 가지고 등장한다.*

캐시오　　아니, 나는 정말 아까 실컷 마셨어요.

몬타노　　이건 작은 잔인데 뭘 그래? 두 홉 들이도 안 되지. 정말이야.

이야고　　이봐, 술을 가져와! *(노래한다.)*
　　　　　　술잔을 부딪쳐라, 땡그랑 땡.
　　　　　　술잔을 부딪쳐라, 땡그랑 땡.
　　　　　　군인도 사람이다.
　　　　　　그러나 인생은 짧다.
　　　　　　아, 그러니까 군인들아, 마셔라.
　　　　　　애들아, 술 좀 가져와!

캐시오　　아, 그거 참 좋은 노래야.

이야고　　이건 내가 영국에서 배워 온 거요. 거기서는 모두 술이 세지요. 텐마크 사람도 독일 사람도, 그리고 아무리 술 배가 부르다고 하지만 화란 사람도 영국 사람에 비하면 어림도 없지요. 자, 마셔라!

캐시오 : 우리 장군의 건강을 위해 건배!

캐시오	영국 사람들은 그렇게도 술이 센가?
이야고	그럼요. 덴마크 사람쯤은 문제도 안 되지요. 독일 사람을 이기는 데는 땀도 안 흘리고, 화란 사람을 상대해서 토하게 만들어 놓고 나서는 또 한 잔을 따를 지경이라고요.
캐시오	우리 장군의 건강을 위해 건배!
몬타노	부관, 내가 상대를 해주지, 정당하게 말이야.
이야고	아, 즐거운 영국이여! *(노래한다.)*

위대한 군주 스티븐Stephen 왕이

입은 바지는 고작 일 크라운짜리다.

그래도 육 펜스가 비싸다고 왕은

재단사를 몹시도 야단을 쳤다.

지위가 높은 왕도 그러했는데

하물며 지위도 낮은 너는 뭐냐?

나라가 망하는 건 모두 사치 때문이다.

그러니 넌 낡은 외투 걸친 채 참고 지내라.

이봐, 술을 가져와!

캐시오 　아니, 이건 아까 것보다 더 멋있는 노래야.

이야고 　한 번 더 부를까요?

캐시오 　아니야. 난 그렇게 인색한 자를 왕으로 모셔둘 수 없거든. 어쨌든 하느님께서 제일 높으신 거야. 아래에 있는 영혼들은 구원받는 놈들도 있고, 구원받지 못하는 놈들도 있어.

이야고 　그야 물론이지요, 부관님.

캐시오 　그래서 나는 말이야. 장군이나 다른 높은 분들에게는 미안하지만, 나는 구원받도록 되어 있거든.

이야고 　나도 역시 그렇게 되어 있다고요, 부관님.

캐시오 　그래. 하지만 넌 미안하게도 나보다는 나중에 구원받을 거야. 부관은 기수보다 먼저 구원을 받게 되어 있으니까. 이제 그 얘긴 그만두고, 우리들의 임무에 관해서 얘기하자. 신이여, 우리의 죄를 용서해 주십시오! 여러분, 우리 직무를 완수하자. 너희는 내가 취했다고 생각해서는 안 돼. 이 사람은 나의 기수야. 이것은 나의 오른손이고, 이것은 왼손이야. 난 취하지 않았어. 똑바로 설 수 있고 말도 제대로 할 수 있다 이거야.

모두 　그렇고말고요.

캐시오 　난 정말 멀쩡해. 그러니까 너희는 내가 취했다고 생각해선 안 된단 말씀이야. (퇴장한다.)

몬타노 　모두 망대로 가라. 자, 야간경비 준비를 해.

이야고 　지금 나간 저 사람을 보았지요? 저 친구는 시저 Caesar 옆에 서서 지휘를 해도 부끄럽지 않을 군인이지요. 그러나 저 추태는 도저히 봐줄 수 없군요. 그런 나쁜 점과 좋은 점이 절반씩 섞여 있으니 참으로 가련하군요. 오델로 장군은 저 사람을 대단히 신용하시지만 저 사람의 버릇이 한 번 드러나면 이 섬에 대소동이 벌어지지나 않을까 염려되지요.

몬타노   하지만 저 사람이 자주 이런 상태였나?

이야고   저런 상태는 언제나 서론이고, 그 다음에는 잠이 들어버리지요. 저 사람은 술을 마시고 얼큰히 취하지만 않는다면 시계가 두 바퀴 돌아도 눈을 붙이지 않은 채 배겨내지요.

몬타노   그런 사실은 장군의 귀에 들어가는 게 좋겠군. 장군은 아마 모르고 있을 거야. 원래 훌륭한 인품의 소유자니까 캐시오의 장점만 보고 약점은 보지 못할 테지. 그렇게 생각하지 않나?

❧ 로더리고가 등장한다.

이야고   *(로더리고에게)* 로더리고, 어찌 된 일이야? 넌 제발 부관님의 뒤를 쫓아가. 빨리! *(로더리고가 퇴장한다.)*

몬타노   그렇지만 적어도 무어인 장군쯤 되는 분이 자기의 부관이라는 중요한 자리를 뿌리 깊은 악습이 있는 자에게 맡겼다는 건 유감이군. 장군에게 그렇게 말해주는 게 타당하지 않을까?

이야고   이 훌륭한 섬 전체를 준다 해도 나는 말씀드릴 수 없어요. 나는 캐시오가 매우 마음에 들고, 그래서 어떻게 해서든 그의 나쁜 버릇을 고쳐주려고 생각하고 있거든요. 아니! 이게 무슨 소동인가? *(안에서 '사람 살려! 사람 살려!' 하는 비명 소리.)*

❧ 캐시오가 로더리고의 뒤를 쫓아 다시 등장한다.

캐시오   이 악당아! 이 불한당아!

몬타노	부관, 무슨 일인가?
캐시오	이 건방진 녀석이 나에게 지시를 하다니! 이놈을 술병 속에 처넣어 버릴 테야.
로더리고	그래, 처넣어 봐라!
캐시오	이놈, 네가 주둥이를 다 놀려? *(로더리고를 때린다.)*
몬타노	부관, 그만 둬. 제발 손대지 말라고.
캐시오	놔라, 놔. 놓지 않으면 네 대갈통을 부숴 버릴 테야.
몬타노	자, 자, 넌 취했어.
캐시오	취했다니! *(둘이서 싸운다.)*
이야고	*(로더리고에게 방백)* 저리 가. 가서 큰일 났다고 떠들어라. *(로더리고가 퇴장한다.)* 부관님, 안 되요! 두 분 모두 그만 두라고요! 이봐, 누구 손 좀 빌려 줘요! 아, 부관님! 이봐요, 몬타노 각하! 아, 모두 손 좀 빌려요! 이거야말로 참으로 볼 만한 야간경비가 되었어! *(안에서 종소리.)* 종을 치는 놈은 누구냐? 빌어먹을 자식 같으니! 도시사람이 모조리 잠을 깨겠어. 부관님, 제발 그만둬요. 이건 당신 일생의 수치라고요.

🐝 오델로와 시종들이 등장한다.

오델로	도대체 여기서 무슨 일이냐?
몬타노	제기랄, 난 아직도 피가 멎지를 않아. 치명상을 입었어. 이놈아, 내 칼을 받아라. *(다시 캐시오에게 덤빈다.)*
오델로	그만둬! 그만두지 않으면 너희 목숨은 없어!
이야고	참아요. 그만두라고요! 부관님, 그리고 몬타노 각하, 두 분 다 지위나 임무를 잊으셨나요? 장군님의 말씀이 들리지 않나요? 그만해

오델로 : 그만둬! 그만두지 않으면 너희 목숨은 없어! _ F. B. 디크시 작

요, 그만! 창피하지도 않아요?

오델로 아니, 이게 뭐냐? 기가 막혀! 왜 이렇게 된 거냐? 모두 터키인들의 흉내를 내고 싶은 거냐? 그렇게 우리에게 칼을 든 죄로 터키 놈들은 천벌을 받고 말지 않았느냐? 이건 그리스도 교도의 수치야. 야만적인 소동은 그만 둬라. 분노를 이기지 못하고 함부로 손을 대는 놈은 자기 목숨이 아깝지 않은 놈이야. 움직이는 놈은 내가 베어 버릴 테야. 저 시끄러운 종을 그만 치게 해라. 섬사람들이 놀라서 소란해질 테니까. 너희 두 놈은 무슨 일이냐? 이야고, 너는 몹시 걱정스런 표정인데, 말해 봐라. 누가 시작한 거냐? 나를 위한다면 말해 봐. 명령이야.

이야고 저는 잘 몰라요. 이 두 사람은 바로 조금 전만해도 사이좋은 친구들이었고 바야흐로 신방에 들어가는 신랑 신부처럼 친밀했었는데, 그런데 갑자기, 글쎄, 별의 힘에 의해 미치기라도 한 것처럼 칼을 빼들고 서로 가슴을 겨누며 처참한 결투를 시작했지요. 저는 왜 이런 바보 같은 싸움이 시작됐는지 모르겠어요. 싸움이 한창일 때 겨우 끼어든 이 두 다리를 차라리 화려한 전쟁에서 떳떳하게 잃고 말았더라면 좋았을 걸 그랬어요.

오델로 마이클, 넌 이렇게 앞뒤를 분간하지 못하니 어찌된 일이냐?

캐시오 제발 용서해 주세요. 말씀드릴 면목도 없어요.

오델로 몬타노, 당신은 평소에 예의범절이 단정한 분이었지요. 당신이 나이는 적어도 근엄하고 온후하다는 건 세상 사람들이 모두 인정하고, 높은 분들도 대단히 당신을 칭찬하지요. 그러한 당신이 이런 창피를 드러내고 좋은 평판도 아랑곳없이 밤중에 소동을 일으키다니 도대체 어떻게 된 일이오? 대답을 해보시오.

몬타노 오델로 각하, 나는 중상을 입었다고요. 나는 괴로워서 도저히 말이 안 나오지만, 장군 휘하의 장교인 이야고가 다 알고 있지요. 아무리 생각해 봐도 나는 오늘 밤에 잘못된 소리를 하거나 잘못된 짓을 한 기억은 없어요. 폭력이 날뛸 때 자애가 악덕이고 정당방위가 죄라면 몰라도 말이에요.

오델로 음, 나는 아무리 냉정해지려고 해도 참을 수 없군. 아무리 이성을 작용시켜 보아도 감정이 앞장을 서 버린단 말이야. 내가 조금만 움직여 봐라. 아니, 이 팔 하나만 올려 봐. 너희 가운데 어느 놈이든 단 칼에 쓰러지고 말 테니까. 말해 봐. 이 더러운 소동은 왜 일어났어? 누가 시작했어? 이 사건을 일으킨 자가 나의 쌍둥이 형제라 해도 나는 용서 못해. 이게 무슨 짓이란 말인가! 전쟁의 방어 태세도 해제되지 않았고, 민심이 아직 어수선하고 전전긍긍하는 이때에, 더군다나 한밤중에 치안을 맡고 있는 야간 경비대의 본부

오델로 : 그를 끌어내 가라. _ 케니 메도우스 작

에서 같은 편끼리 사사로운 싸움을 하다니! 이건 말도 안 돼. 이야
고, 누가 처음 시작했느냐?

몬타노 정실이나 동료의 우의 때문에 사실을 왜곡해서 이야기한다면, 너
는 군인이라고 할 수 없어.

이야고 그렇게 윽박지르지 마세요. 마이클 캐시오에게 불리한 이야기를
할 바에야 차라리 제 혓바닥을 빼버리는 게 좋을 거요. 그러나 제
생각에는 사실대로 말해도 캐시오에게 불리하지는 않을 것 같군
요. 장군님, 바로 이렇지요. 몬타노 각하와 제가 이야기를 하고 있
는데, 누군가 사람 살리라고 소리 지르며 뛰어 들어왔지요. 캐시
오는 칼을 든 채 그 사람의 뒤를 쫓아가면서 찔러 죽이겠다고 했
어요. 그래서 이분이 캐시오를 붙들고 말리고, 저는 소리 지르는
녀석을 쫓아갔지요. 그 녀석의 소리 때문에 시민들이 놀라서 소란
해지면 안 되니까요. 그러나 결국 그렇게 되고 말았지요. 그런데

그놈이 어찌나 재빠른지 제가 따라 잡지를 못하고는 되돌아왔지요. 칼싸움하는 소리와 캐시오가 떠드는 소리가 들려왔으니까요. 이런 일은 오늘 밤이 처음이지요. 그래서 곧 돌아왔는데, 돌아와 보니 두 분이 맞붙어서 때리고 찌르고 야단났지요. 두 분이 그런 짓을 다시 한 번 되풀이하는데 각하께서 떼어 놓으신 거라고요. 저는 이것밖에는 몰라요. 그렇지만 인간인 이상 성인 군자도 자기 자신을 잊어버리는 수가 있게 마련이지요. 캐시오도 이분께 좀 대들긴 했지만 사람이 화가 날 때는 자기에게 호의를 가지고 있는 사람마저 때리고 싶어지지요. 그렇지만 확실히 캐시오는 그 도망간 놈에게서 뭔가 큰 모욕을 받아 참을 수가 없었던 것 같아요.

오델로 이야고, 잘 알았어. 너는 성실하고 동정심이 많으니까 캐시오의 죄를 가볍게 하려고 사건을 둘러대는 거야. 캐시오, 나는 너를 사랑하고 있지만, 이제 내 부관으로 둘 수는 없어.

🌸 데스데모나가 시종을 데리고 등장한다.

오델로 봐라, 내 아내마저 잠을 깨지 않았는가! 나는 너를 본보기로 처벌하겠어.

데스데모나 무슨 일인가요?

오델로 이제 일은 다 끝났소. 여보, 우리는 침실로 갑시다. 당신의 상처는 내가 직접 돌보아 주겠소. 저쪽으로 모셔라. *(몬타노가 부축되어 나간다.)* 이야고, 이 도시 전체를 유심히 잘 살펴라. 이 고약한 소동으로 미친 듯이 혼란에 빠진 주민들을 진정시키란 말이야. 데스데모나, 자, 갑시다. 군인이란 사건이 발생하면 단꿈을 꾸다가도 깨어나기 마련이지. *(이야고와 캐시오만 남고 모두 퇴장한다.)*

이야고	아니, 부관님, 당신도 다친 거요?
캐시오	이젠 아무리 약을 써도 소용없게 됐어.
이야고	아니, 그럴 리는 없어요!
캐시오	명예, 명예, 명예 말이야! 아, 나는 명예를 잃어버렸어! 내가 가지고 있는 것 가운데 가장 소중한 걸 잃어 버렸어. 나는 이제 짐승과 같아졌어. 나의 명예, 이야고, 나의 명예 말이야!
이야고	솔직히 나는 당신이 몸에 부상을 당한 줄 알았어요. 명예가 손상된 것보다는 몸을 다친 게 더 아프지요. 명예라는 건 쓸 데도 없고, 허망한 겉치레일 뿐이거든요. 그만한 자격이 없어도 들어올 때는 들어오고, 이렇다 할 이유도 없이 나갈 때는 나가는 것이지요. 당신도 자기가 그걸 잃어버렸다고 하지만 않는다면, 조금도 명예를 잃어버린 게 아니지요. 자, 기운을 내요! 장군님의 마음을 돌이키게 하는 방법은 얼마든지 있어요. 장군님은 일시적인 분노 때문에 당신을 면직시키겠다고 말했지만, 당신이 정말 미운 게 아니라 정책적으로 처벌하는 거라고요. 사나운 사자를 위협하려고 죄 없는 개를 때려 준 셈이지요. 한 번 간청해 보세요. 그분의 마음이 풀어질 거요.
캐시오	이런 못난이, 주정뱅이, 분별없는 놈이 저런 훌륭한 지휘관을 속이고 부관 자리에 앉아 있으니, 간청을 한다면 난 차라리 경멸해 달라고나 간청하겠어. 이 주정뱅이! 앵무새같이 지껄이는 놈! 자기 그림자를 보고 큰 소리 탕탕치는 이 못난 놈! 아, 사람 눈에 보이지 않는 술의 신이여, 남들은 뭐라고 부르는지 모르겠지만 네놈은 악마야!
이야고	당신이 칼을 빼들고 쫓아갔던 건 어느 놈이었지요? 그놈이 당신에게 어떻게 했어요?

캐시오 : 우리가 기뻐하고, 신이 나고,
　　　 떠들고, 노래하고, 그래서 우리
　　　 자신을 짐승으로 만들다니!
짐승 같은 술꾼들 _ 17세기 판화

캐시오　　　모르겠어.

이야고　　　그럴 수가 있어요?

캐시오　　　여러 가지 생각이 나긴 나는데 하나도 확실치 않아. 싸움을 하긴
　　　　　　했는데, 왜 했는지 통 모르겠어. 아, 맙소사! 사람들은 자기의 적을
　　　　　　일부러 자기 입 속에 처넣어서 스스로 정신 나가게 하다니! 그러
　　　　　　고는 우리가 기뻐하고, 신이 나고, 떠들고, 노래하고, 그래서 우리
　　　　　　자신을 짐승으로 만들다니!

이야고　　　하지만 지금 당신은 아주 멀쩡하지요. 어떻게 그렇게 감쪽같이 회
　　　　　　복됐지요?

캐시오　　　주정뱅이 악마가 쑥 들어가고, 이제는 분노 귀신이 나타난 거야.
　　　　　　한 가지 결함이 들어가면 다른 결함이 나오니, 정말 내가 생각해
　　　　　　봐도 나 자신이 정나미가 떨어져.

이야고	원, 당신은 지나치게 고지식해요. 그야 시기로 보나 장소로 보나, 시국으로 보나, 이런 일이 있으면 참으로 유감이지요. 그렇지만 지나간 일은 지나간 일이고, 잘 되도록 해결책을 생각하세요.
캐시오	부관 자리를 다시 한 번 달라고 난 사정할 테야. 그렇지만 장군은 나를 주정뱅이라고 하실 테지! 그렇게 대답하신다면, 내가 괴물 히드라Hydra 같이 입이 여러 개 달렸다 해도 할 말이 없을 게야. 이때까지 멀쩡하던 사람이 얼마 안 지나 바보가 되고, 그리고 곧 짐승이 되다니! 아, 이상해! 주정뱅이는 모조리 저주나 받아라. 술이라는 건 악마야.
이야고	아니, 술도 적절하게만 마시면 요긴한 것이지요. 너무 욕하지 마세요. 그런데 부관님, 내가 당신을 아낀다는 건 알고 계시지요?
캐시오	그야 잘 알고 있지. 난 취했어!
이야고	당신뿐만 아니라 누구든지 살아 있으면 때로는 취하지요. 당신이 취할 방법을 한 가지 가르쳐 드리겠어요. 지금은 우리 장군의 부인이 장군인 셈이지요. 제가 이렇게 말하는 건, 우리 장군님은 부

인이 재주 있고 잘 생겨서 넋이 나간 사람처럼 바라보고만 있고 정신을 전혀 차리지 못하는 형편이기 때문이지요. 당신의 심정을 솔직히 부인에게 고백하고, 부인의 협력으로 어떻게든 복직되도록 사정해 보세요. 부인은 저렇게 상냥하고, 친절하고, 인정이 많고, 하느님 같은 마음씨를 가졌으니까, 당신의 부탁을 받으면 그 이상의 것을 못해 주어서 미안해 할 사람이거든요. 이번 일로 장군과 당신의 사이는 관절이 빠졌다고 하겠는데, 이것은 부인에게 부목을 대서 붕대를 감아 달라는 게 상책이지요. 나의 전 재산을 어떤 것에든 걸어도 좋지만, 장군과 당신 사이에 틈이 갈라진 관계는 종전보다 더 두터워질 거요.

캐시오　넌 나에게 좋은 걸 가르쳐 주었어.

이야고　난 진심으로 당신을 위해서 그러는 것이니까 믿어 주세요.

캐시오　알았어. 날이 새면 나는 데스데모나 님을 찾아뵙고 힘이 되어 달라고 부탁할 테야. 그래도 안 된다면 나의 운명은 절망적인 거지.

이야고　옳은 말씀이지요. 부관님, 안녕히 계세요. 나는 야간경비를 서야만 해요.

캐시오　이야고, 그럼 잘 가. *(퇴장한다.)*

이야고　이래도 나를 악한이라고 하는 자가 있겠는가? 지금 말해 준 충고는 어느 모로 보아도 솔직하고 성의 있고 그럴듯할 뿐만 아니라 사실 무어인의 마음을 돌려놓을 한 가지 길이 아니겠어? 데스데모나는 상냥한 여자니까 진심으로 사정하면 거절하지는 않을 거라고. 그녀의 관대함은 모든 사람의 볼을 스치는 봄바람 같아. 더구나 그 여자로 말하자면 무어인을 마음대로 움직일 수 있거든. 예를 들면, 세례를 취소하고 속죄의 신앙을 전부 버리라고 해도 무어인은 싫다고 못할 만큼 온통 반해 있으니, 이렇게 해라, 저렇게 하지 말라는 등 뭐든지 그녀는 자기 마음대로 하느님처럼 그 형편 없는 작자를 조종할 수 있거든. 그러니까 캐시오를 위해서 즉효 인 묘약을 권유한 내가 어떻게 악당이란 말인가? 지옥의 비전(秘傳)에 기록된 바에 따르면, 극악무도한 대 죄악을 인간에게 범하게 할 때 악마는 반드시 천사로 변해서 나타나 유혹한다고 했어. 내가 지금 하고 있는 것이 바로 그거야. 저 순진한 바보 녀석 캐시오가 자기 팔자를 고쳐 달라고 데스데모나에게 사정을 하고, 그리고 그 여자도 무어인에게 열심히 간청을 한다. 그 사이에 나는 무어인의 귀에 독약을 부어 넣는다. 부인이 그 녀석을 복직시키려고 하는 것은 사실은 자기의 욕정 때문이라고 말이야. 그러면 데스데모나가 캐시오를 위해 애를 쓰면 쓸수록 무어인은 더욱 의심하게 되겠지. 그 결과는 그 여자의 정숙을 독으로 변하게 하고, 그 여자의 친절을 그물로 삼아서 일망타진(一網打盡)한단 말씀이야.

🍀 *로더리고가 등장한다.*

이야고　　로더리고, 어찌된 일이냐?

로더리고　나는 이런 곳까지 따라오기는 했지만, 내 역할은 사냥감을 쫓아가는 사냥개 역할이 아니라 다른 여러 개들 틈에 끼어 옆에서 멍멍 짖는 개꼴밖에 안 돼. 돈은 다 써버리고, 오늘 밤에는 죽을 지경으로 두들겨 맞았어. 말하자면 혼이 난 것만큼 경험을 얻은 셈이야. 그리고 돈은 다 없어졌어. 지혜가 좀먹은 셈이니, 난 다시 베니스로 가야겠어.

이야고　　참을성 없는 사람은 별 수 없어! 어떠한 상처도 나으려면 점차 낫는 법이 아니겠어? 우리 일은 이치에 맞게 하는 것이지 마술을 부리는 건 아니야. 이치에 맞게 하려면 시간이 지나가는 걸 기다려야 해. 잘 되어 가고 있지 않아? 그야 넌 캐시오한테 얻어맞았지. 그렇지만 너는 약간 얻어맞고 캐시오를 몰아내지 않았어? 내 계획은 모두 양지의 햇볕을 받고 있지만, 그 중에서도 제일 먼저 꽃이 핀 곳에 열매가 열린다 이거야. 조금만 더 참아라. 벌써 아침이군. 흥겹게 움직이고 있으면 시간도 빨리 가지. 자, 어서 돌아가. 너에게 지정된 위치로 돌아가라고. 빨리 돌아가라니까. *(로더리고가 퇴장한다.)* 두 가지 일을 해야겠군. 내 아내를 시켜서 장군의 부인이 캐시오를 만나주도록 해야겠어! 빨리 해야겠어. 그리고 그 동안에 나는 무어인을 데리고 나와 있다가 캐시오가 부인에게 사정하고 있는 현장으로 무어인을 안내한단 말이야. 음, 그 수단이지. 멀거니 지체하고 있다가 잡쳐서는 안 돼. *(퇴장한다.)*

3막 1장

키프로스. 성 앞.

🎵 캐시오와 악사 여러 명이 등장한다.

캐시오   악사들아, 여기서 한 곡 연주해라. 돈은 내가 충분히 내겠어. 아무

광대 : 장군님은 여러분의 음악이 어쩌나 마음에 드시던지,
제발 더 이상 소리를 내지 말아 달라고 분부했거든요.

거나 짧은 걸로 해. 그게 끝나면 "장군님, 안녕하십니까?" 하고 인
사해. *(음악)*

🎵 *광대가 등장한다.*

광대	아니, 악사 여러분, 당신네 악기는 나폴리에서 나쁜 병이라도 옮
	겨왔기에 그렇게 코맹맹이 소리를 내는 거요?
악사 1	아니, 왜요?
광대	좀 물어 보겠는데, 이건 늘 이렇게 붕붕 소리가 나는 악기인가요?
악사 1	아, 예, 그래요.
광대	아하, 뭔가 달려 있는 모양이군.
악사 1	뭔가 달려 있다니요?

광대	붕붕 소리 나는 거 옆에는 대개 뭔가 달려 있지요. 하지만 악사 여러분, 돈을 드리겠어요. 장군님은 여러분의 음악이 어찌나 마음에 드시던지, 제발 더 이상 소리를 내지 말아 달라고 분부했거든요.
악사 1	예, 그럼 그만두겠어요.
광대	소리가 안 나는 음악이라면 더 해도 좋아요. 장군님은 음악 듣기를 그다지 좋아하시지 않는다니까.
악사 1	그런 음악이 어디 있어요?
광대	그러면 그 피리들을 자루 속에 집어넣으라고요. 나는 들어가겠으니 여러분은 가버려요. 공중에 꺼져 버려요. 꺼지라고요! *(악사들이 퇴장한다.)*
캐시오	이봐, 내 말을 좀 들어 봐.
광대	당신 이름은 모르겠지만, 당신이 말하는 건 들리지요.
캐시오	농담은 그만둬. 이건 약소하지만 너에게 주는 돈이야. 장군부인의 시중을 들고 있는 시녀가 일어나면, 캐시오라는 사람이 찾아와서 잠깐 만나고 싶어 한다고 전해 줘. 그렇게 해주겠나?
광대	그 여자는 일어나 있어요. 이곳에 나오면 그렇게 알리지요.
캐시오	잘 부탁해. *(광대가 퇴장한다.)*

🌸 이야고가 등장한다.

캐시오	이야고, 마침 잘 왔어.
이야고	잠을 못 주무신 모양이군요?
캐시오	그야 물론이지. 우리가 헤어지기 전에 날이 이미 새어 버렸거든. 나는 실례를 무릅쓰고 자네 부인에게 사람을 보냈어. 용건은 데스데모나를 만나게 해달라는 부탁을 하려고 말이야.

악기 연주자들 _ 16세기 판화

이야고 내가 집사람을 곧 이리 나오도록 하지요. 그리고 어떻게 해서든지 무어인 장군을 다른 데로 데리고 나가지요. 그러면 당신은 마음 놓고 이야기를 할 수 있을 테니까요.

캐시오 그건 정말 고마운 말이야. *(이야고가 퇴장한다.)* 내 고향 플로렌스에 사는 사람들 가운데 저렇게 친절하고 정직한 사람은 없어.

🦋 *이밀리아가 등장한다.*

이밀리아 부관님, 안녕하세요? 당신이 이번에 당한 일은 참 안 됐어요. 하지만 다 잘 될 거예요. 장군 부부는 그 이야기를 하고 계시더군요. 장군부인은 당신을 열심히 변호하셨어요. 그러나 무어인 장군은 부관님이 상처를 입힌 상대가 키프로스 섬의 대단한 저명인사일 뿐만 아니라 고위층의 친척이니까, 온당한 조치로는 부관님을 면직시키지 않으면 안 되었다고 하셨어요. 그래도 부관님을 소중히 여기고 있으니까, 부탁을 받지 않아도 적절한 기회를 봐서 복직시키겠다고 말씀하셨지요.

캐시오 　전 그래도 부탁하겠어요. 당신이 좋다고 생각하거나 또는 가능하다고 생각하면, 잠깐이라도 좋으니 제가 장군부인과 단 둘이서 얘기할 수 있도록 수고를 좀 해주세요.

이밀리아 　그러시다면 어서 들어오세요. 당신이 속마음을 털어놓고 얘기할 수 있는 곳으로 안내해 드리겠어요.

캐시오 　이거 정말 고맙군요. *(두 사람이 퇴장한다.)*

3막 2장

키프로스. 성 안의 어느 방.

🌸 오델로, 이야고, 그리고 신사 두 명이 등장한다.

오델로 　이야고, 이 서류를 선장에게 주고 원로원에 나의 문안인사를 전해 달라고 해라. 나는 성벽 근처를 거닐고 있을 테니 너는 그 일을 마치면 그리로 와라.

이야고 　예, 장군님. 그렇게 하겠어요.

오델로 　여러분, 이 요새를 돌아볼까요?

신사 1 　기꺼이 동행해 드리지요. *(모두 퇴장한다.)*

3막 3장

키프로스. 성 안의 정원.

🌸 데스데모나, 캐시오, 이밀리아가 등장한다.

데스데모나   캐시오, 안심하세요. 내가 힘닿는 데까지 해볼 테니까요.

이밀리아   그렇게 해드리세요. 제 남편도 정말 자기 일처럼 걱정하고 있거
든요.

데스데모나   그는 참 성실한 분이군요. 캐시오, 걱정 마세요. 장군님과 당신 사
이를 반드시 예전처럼 친밀하게 만들어 드리겠어요.

캐시오   부인, 감사합니다. 이 마이클 캐시오는 어떠한 일이 닥치더라도
언제나 부인께 충성을 다하겠어요.

데스데모나   알겠어요. 고마워요. 당신은 장군님을 사랑하고, 또 오래 전부터

그분을 아는 사이니까, 안심하세요. 그분이 당신을 멀리하는 기색을 보이신다 해도 그건 정책상 그러는 것뿐이라고요.

캐시오　아, 하지만 부인, 그 정책상이라고 하는 게 오랫동안 계속되면 그 사이에 하찮은 뜬소문으로 마음이 변하거나 또는 쓸데없는 것에서 뿌리가 생기거나 해서, 제가 옆에 없고 대신 그 자리가 메워지면 장군님은 저의 성의나 공적을 잊어버리게 되실 거라고 생각되지요.

데스데모나　그런 걱정은 말아요. 저 이밀리아가 증인이에요. 꼭 복직이 되도록 해드리겠어요. 염려 말아요. 나는 친구가 된 이상 어디까지나 힘이 되어 드리거든요. 나는 그분이 잠을 못 자게 만들고, 나의 요청을 들어 줄 때까지 밤새도록 얘기해서 그분을 지치게 만들겠어요. 잠자리에서도 훈시를 하고, 식탁에서도 설교를 그치지 않고, 뭐든지 그분이 하시는 일에는 캐시오의 간청을 꺼내겠어요. 그러니 기운을 내세요. 당신의 간청을 맡은 이상 나는 죽어도 당신의 소원을 이루어 드리겠어요.

❦ 오델로와 이야고가 등장한다.

이밀리아　장군님이 이리 오고 계세요.

캐시오　부인, 저는 실례하겠어요.

데스데모나　아니, 여기 계세요. 내가 하는 말을 들어보세요.

캐시오　아니예요, 부인. 저는 지금 기분이 몹시 언짢아서 저의 간청을 제기할 수 없거든요. *(캐시오가 퇴장한다.)*

❦ 오델로와 이야고가 다가오고 있다.

이야고	저런! 저런! 안 됐군.
오델로	뭐가?
이야고	뭐, 아무것도 아니지요. 사실은 지금 말이지요. 아니, 아무것도 아니라고요.
오델로	지금 내 아내하고 헤어진 건 캐시오가 아니었나?
이야고	캐시오라니! 아니지요. 그럴 리가 있겠어요? 그 사람이라면 각하가 오시는 걸 보고는 죄를 지은 사람처럼 저렇게 살그머니 달아날 리가 없거든요.
오델로	아니야, 분명히 캐시오였어.
데스데모나	당신이군요! 저는 부탁을 하려고 찾아온 사람과 지금 여기서 얘기하고 있었어요. 당신의 비위를 거슬러 비관하는 사람이지요.
오델로	누구 말이오?
데스데모나	아, 당신의 부관 캐시오지요. 여보, 저도 이런 데 조금은 참견할 수 있지요? 그렇다면 그 사람을 곧 용서해 주세요. 그는 얼마나 당신을 위하는지 몰라요. 실수로 잘못을 저지를 수는 있어도 계획적으

로 나쁜 짓을 할 사람은 아니에요. 그건 그의 성실한 얼굴을 봐도 누구든지 알 수 있어요. 제발 다시 복직시켜 주세요.

오델로   그는 방금 여기서 나간 거요?

데스데모나   네, 그래요. 그가 하도 풀이 죽어 있어서 저마저도 슬퍼졌어요. 여보, 다시 불러 주세요.

오델로   데스데모나, 지금은 안 돼. 두고 봅시다.

데스데모나   그러면 곧 해주시는 건가요?

오델로   될 수 있는 대로 빨리 해주겠어. 당신의 요청이니까.

데스데모나   오늘 밤 저녁 식사 때요?

오델로   아니야, 오늘 밤에는 안 돼.

데스데모나   그러면 내일 점심때는요?

오델로   내일 점심은 집에서 안 해. 요새에서 장교들을 만나기로 되어 있 거든.

데스데모나   아, 그러면 내일 밤, 그렇지 않으면 화요일 아침, 또는 화요일 낮이 나 밤, 또는 수요일 아침이라도 좋으니, 제발 시한을 정해 주세요. 그렇지만 이틀을 넘기시면 안 돼요. 그는 정말 후회하고 있어요. 그리고 전쟁 중일 때에는 제일 우수한 사람 중에서 본보기를 내야 하는 일이 있다고 하지만, 그의 잘못은 보통 생각으로는 인연을 끊을 정도의 죄는 아닌 것 같아요. 언제 부르시겠어요? 여보, 말씀 해 보세요. 제가 당신의 분부를 거절하거나 푸념한 적이 있었나 요? 아, 마이클 캐시오는 당신이 저에게 청혼하러 오셨을 때에도 같이 오지 않았어요? 그리고 제가 당신을 욕할 때에도 언제나 당 신 편을 들지 않았어요? 그런 사람을 복직시키는 게 이렇게 힘이 들다니! 정말 저 같으면 말이에요.

오델로   아, 알았어. 그가 오고 싶을 때 오라고 해요. 당신의 요청은 뭐든지 들어 줄 테니까.

데스데모나   어머, 이건 별로 대단치도 않은 요청이에요. 장갑을 끼시라든 가, 영양분 있는 걸 드시라든가, 몸을 따듯하게 하시라든가, 몸조 심하시라든가 하는 것과 마찬가지 요청이잖아요? 만일 제가 요청 을 해서 당신의 애정을 시험해 보려고 한다면, 중대하고 어렵고, 걱정스러워서 여간해서는 허락될 수 없는 것을 부탁할 거예요.

오델로   당신의 요청이라면 뭐든지 들어 주겠어. 그러니까 나도 요청하겠 는데 제발 잠시만이라도 나를 혼자 있게 해달라고.

데스데모나   제가 거절할 거 같나요? 천만예요. 저리 가 있겠어요.

오델로   잘 가요, 데스데모나. 나도 곧 갈 테니까.

데스데모나   이밀리아, 이리 와. 당신 마음이 내키는 대로 하세요. 당신이 무슨 말씀을 하셔도 저는 순종해요. *(데스데모나와 이밀리아가 퇴장한 다.)*

오델로   참으로 귀여운 것! 내가 너를 사랑하지 않는다면 내 영혼에 파멸 이 닥쳐도 좋아! 너를 사랑하지 않게 된다면, 그때는 천지가 원시 의 어둠으로 다시 되돌아가지.

이야고   각하!

오델로   왜 그래, 이야고?

이야고   마이클 캐시오는 각하의 구혼 시절에 각하와 부인의 사이를 알고 있었나요?

오델로   처음부터 끝까지 알고 있었지. 그건 왜 물어?

이야고   그저 좀 생각난 게 있으니까요. 그 이상은 아무것도 없지요.

오델로   이야고, 생각난 거라니 그게 뭔가?

이야고   그가 부인과 가깝게 지내고 있었다는 걸 저는 모르고 있었거든요.

오델로   아, 그럼. 그는 우리 둘 사이를 자주 왔다 갔다 했지.

이야고	정말이군요!
오델로	정말이라니까! 아, 정말이고말고. 어디 미심쩍은 데라도 있단 말이냐? 그는 정직하지 않으냐?
이야고	정직하다니요?
오델로	정직하다고요라니? 그야 정직하지.
이야고	그럴는지도 모르겠군요.
오델로	넌 어떻게 생각하는데?
이야고	어떻게 생각하다니요?
오델로	어떻게 생각하다니요라니! 아, 넌 내 말을 흉내만 내고 있어. 뭔가 생각이 머리에 들어있는데 무서워서 남에게 말을 못하는 것처럼 말이야. 무슨 곡절이 있지? 캐시오가 내 아내와 헤어지는 걸 보고 넌 안 됐다고 말했어. 뭐가 안 됐다는 거냐? 그리고 내가 청혼한 다음에도 계속해서 그를 상담역으로 삼았다고 하니까, 너는 "정말입니까?" 하고 말했지. 그리고 뭔가 무서운 생각을 머릿속에 담아 놓고 있기라도 한 듯이 이마에 주름살을 지었어. 나에 대해 성의를 품고 있다면 네가 생각하고 있는 걸 말해 봐.
이야고	각하, 물론 저는 성의를 다 바치고 있지요.
오델로	나도 그렇게 생각하고 있어. 네가 성심성의껏 봉사하고 있는 건 나도 알고 있다고. 경솔하게 말을 입 밖에 내지 않는 것도 잘 알아. 그러니까 그렇게 네가 입안에서 우물우물하니, 나는 더욱 불안하단 말이야. 그런 건 허위에 찬 불충실한 놈이 남을 속일 때 쓰는 수작이지만, 정직한 사람의 경우는 정말로 화가 나서 도저히 참을 수 없을 때에 그러는 것이거든.
이야고	마이클 캐시오로 말하자면 분명히 정직한 사람이라고 저는 생각하지요.

오델로와 이야고 _ 아이자크 테일러 작

오델로	나도 그렇게 생각하고 있어.
이야고	사람은 누구나 외모와 같아야만 한다고 생각해요. 그렇지 않은 자는 정직한 척하는 얼굴을 하지 말았으면 좋겠어요.
오델로	그렇지. 사람은 외모와 같아야만 해.
이야고	그렇다면 물론 캐시오도 정직한 사람이겠지요.
오델로	아니야. 아직도 뭔가 또 있어. 네가 마음속으로 되씹고 있는 걸 털어놓고 이야기해 봐. 아무리 괴상한 생각이라 해도 솔직히 그대로 말해 보라고.
이야고	각하, 용서하십시오. 직책상의 일이라면 저는 명령에 복종하겠지

만, 마음속의 생각을 말할 의무는 노예에게조차도 없지요. 생각을 말하라고 하시다니! 아니, 그것이 얼마나 더럽고 틀린 생각일는지 모르잖아요? 아무리 훌륭한 궁궐이라 해도 더러운 것이 때로는 그 안에 들어 있지 않아요? 아무리 숭고한 마음속이라 해도 불결한 잡념이 올바른 판단과 마주 앉은 채 사람들을 재판할지도 모르잖아요?

오델로 이야고, 친구가 모욕을 당한 것을 알면서도 그 사실을 친구의 귀에 넣어주지 않는다면 넌 친구를 배반하는 거야.

이야고 제발 부탁이에요. 사실대로 말씀드리자면 저는 나쁜 버릇 때문에 남의 과실을 캐내고 의심 때문에 엉뚱한 억측을 하고는 하는데, 저의 이번 추측도 억측이라고 생각되지요. 하지만 잘 판단하셔서 이러한 저의 엉뚱한 추측에 개의치 마시고 저의 부질없고 불확실한 관찰 때문에 고민하지도 마세요. 아무리 생각해 봐도 저의 생각은 말씀드리지 않는 게 좋을 것 같군요. 각하의 기분만 상해 드리고, 유익하지도 않을 뿐만 아니라 저로서도 남자답지 못하고 불성실하고 천박한 사람만 되고 말 테니까요.

오델로 도대체 그게 무슨 말이냐?

이야고 각하, 남자에게나 여자에게나 좋은 평판은 곧 영혼의 보배와 같지요. 내 지갑을 훔치는 자는 쓸데없는 걸 훔친 셈이지요. 그건 중요하다면 중요하지만 쓸데없는 걸 훔친 셈이지요. 그리고 쓸데없는 물건이지요. 과거의 내 것이 지금은 다른 놈의 것으로 된 것밖에는 없어요. 돈이란 원래 천하의 무수한 사람을 섬기는 노예거든요. 그렇지만 나의 좋은 평판을 도둑맞으면 훔친 놈에게는 하나도 이득이 없는데 나만 손해를 보게 되지요.

오델로 아무래도 난 네 생각을 들어 봐야만 하겠어.

이야고	제 마음이 각하의 손 안에 들어있다 해도 그건 안 될 말씀이지요. 게다가 그걸 지금은 제가 단단히 움켜쥐고 있거든요.
오델로	흥!
이야고	아, 각하, 질투를 경계하세요. 그건 파리한 눈빛을 한 괴물인데, 사람의 마음을 음식으로 삼고 그것을 먹기 전에 조롱부터 하는 그런 놈이지요. 아내가 불륜을 저질러도 그걸 자기 운명으로 알고 단념한 채 아내에게 미련을 품지 않는 남자는 행복하지요. 그러나 아내를 깊이 사랑하고 있으면서도 의심하고, 의심을 품고 있으면서도 더욱 열렬히 사랑하는 남자에게는 하루하루가 참으로 얼마나 저주스러운지요!
오델로	아, 비참하고말고!
이야고	가난해도 만족하는 사람은 부자도 큰 부자지요. 그렇지만 비할 바 없는 부자라 해도 언젠가는 가난뱅이가 되는 게 아닌가 하고 벌벌 떨고 있다면 그는 가난하기가 엄동설한과 같지요. 아, 모든 인간이 질투를 모르고 지낸다면 얼마나 좋겠는가!
오델로	아니, 너는 왜 그런 소릴 하느냐? 너는 내가 앞으로 질투에 사로잡힌 채 달이 모양을 바꿀 때마다 새로운 의심을 품을 줄 아느냐? 아니야. 나는 한 번 의심을 품으면 단번에 해결을 짓는 성격이야. 내가 네 말대로 그런 쓸데없고 허망한 억측에 마음을 쓴다면, 나를 염소로 취급해도 좋아. 다른 사람들이 내 아내가 아름답고 사람 접대가 훌륭하며, 이야기를 잘하고 노래도 음악도 춤도 잘한다고 말한다고 해서 내가 질투할 필요는 없어. 이런 점들은 정숙하기만 하면 더욱 더 빛나 보이거든. 또한 나 자신의 약점 때문에 지레 겁을 내서 아내가 바람을 피울까봐 걱정하거나 의심하는 일도 없어. 아내는 사람을 보는 안목이 있어서 나를 선택했거든. 아니야, 이

야고. 나는 의심하려면 잘 보고 의심해. 그리고 의심한다면 증거를 잡지. 증거가 잡히면 방법은 하나야. 즉시 애정을 포기하던가, 아니면 질투심을 버리던가 말이야.

이야고 그 말씀에 저는 안심이 되는군요. 이제는 각하에 대한 저의 성의와 의무에 비추어 저의 생각을 더욱 솔직하게 말씀드릴 수 있지요. 그러므로 명령에 복종하겠어요. 들어 보세요. 하긴 아직 확증은 없지만 부인을 주의하세요. 특히 부인이 캐시오와 함께 있을 때를 조심하세요. 눈을 똑바로 뜨시고, 의심하지도 않지만 지나치게 신용하지도 않는다는 식으로 말이에요. 각하께서는 관대하고 고결하신 분이시니까 자신의 성품이 착해서 모욕을 당하신다면 저로서도 보기 딱하거든요. 조심하세요. 저는 제 고향인 베니스에 사는 사람들의 기질을 잘 알아요. 베니스의 여자들은 하느님에게는 알려지더라도 남편에게는 들키지 않겠다는 식으로 음탕한 장난을 하고, 좀 낫다는 여자들도 그런 짓을 하지 않는 것이 아니라 들키지 않게 하는 것뿐이지요.

오델로 그게 정말이냐?

이야고 부인은 장군님과 결혼하기 위해 자기 아버지를 속였지요. 그리고 장군님의 얼굴이 무서워서 고개를 돌리는 것 같았을 때 사실은 가장 깊이 사랑하고 있었지요.

오델로 그건 그랬어.

이야고 자, 그렇다면 말이지요. 저렇게 젊은 나이에 그토록 속 다르고 겉 다르게 꾸며서 자기 아버지의 눈도 캄캄하게 멀게 하고는 마술 때문이라고 생각하도록 만든 부인이지요. 아니, 이거 죄송해요. 용서하세요. 저는 다만 장군님을 위하는 마음에서 이런 말까지 하게 되었군요.

오델로	네 호의는 평생 잊지 않겠어.
이야고	아무래도 장군님의 기분이 좀 상하신 모양이군요.
오델로	아니야. 조금도 안 그래.
이야고	아니, 아무래도 기분이 좋지 않으신 모양이에요. 지금 제가 말씀 드린 건 제발 저의 성의에서 나온 말이라고 생각해 주세요. 그러나 아무래도 제가 각하의 기분을 상하게 한 것 같군요. 부탁입니다만 제가 말씀드린 것은 다만 의심스럽다는 정도로 흘려버리시고, 이 이상 확실한 결론을 캐내려고 하거나 문제를 확대시키지는 마세요.
오델로	그런 짓은 하지 않을 테야.
이야고	만일 그런 짓을 하신다면, 각하, 제 말에서 엉뚱한 결과가 생겨서 생각지도 않은 일이 벌어질는지도 모르지요. 캐시오는 나의 소중한 친구니까요. 각하, 아무래도 기분이 상하신 모양이군요.
오델로	아니야, 그렇지는 않아. 데스데모나가 정직한 여자라는 것 이외에는 난 아무것도 생각하지 않고 있어.
이야고	부인께서 언제까지나 그러하시기를! 그리고 각하의 마음도 변하지 않기를 빌어요!
오델로	하지만 순리를 어기고 나 같은 사람에게 말이야.
이야고	아, 그거지요. 문제는 바로 그거라고요. 털어놓고 말씀드리자면 부인께서는 자기 나라의 가문도 피부 색깔도 지위도 동등한 많은 남자들의 청혼을 거절했지요. 누구나 그러한 것을 선택하는 게 도리일 텐데 말이에요. 쳇! 사람이라면 눈치 챌 수 있지요. 여기에는 불순한 마음이 있고, 이건 전혀 어울리지도 않을 뿐만 아니라 부자연스럽다는 걸 말이에요. 하지만 용서하세요. 저는 반드시 부인을 지적해서 말하는 건 아니거든요. 그야 걱정은 걱정이지요. 앞

	으로 점차 분별을 차리게 되어 자기 나라 사람과 각하를 비교해 보고 후회하는 일은 없으셔야 할 텐데 말이에요.
오델로	알았다, 알았어. 네가 뭔가 더 눈치를 챈다면 나에게 알려라. 네 아내에게 감시하라고 지시해두고. 이야고, 그만 물러가라.
이야고	*(나가면서)* 각하, 저는 물러가겠어요.
오델로	나는 왜 결혼했지? 정직한 저놈은 분명히 지금 말한 것보다 훨씬 더 많이 보고 또 알고 있어.
이야고	*(되돌아와서)* 각하, 부탁입니다만, 이 일은 더 캐지 마시고 되는 대로 내버려두세요. 캐시오를 복직시키는 일도, 확실히 그 사람은 재질도 비상하고 충분히 임무도 완수할 수 있는 사람이지만, 잠시 동안만 기다려 보세요. 그렇게 하시면 그 사람의 인간성과 의도를 잘 아시게 될 거예요. 부인께서 캐시오의 복직을 강력하고 집요하게 요청하시는지 여부를 주의해서 보세요. 그러면 또 여러 가지를 아시게 될 거예요. 그때까지는 저의 걱정은 지나친 노파심이라고 생각하세요. 저 자신으로서는 혹시 그렇지나 않을까 하고 의심이 가는 점이 있어서 그런 겁니다. 그리고 제발 부인을 결백한 분이라고 생각하세요.
오델로	내 분별력은 염려 마라.
이야고	그러면 다시 물러가겠어요. *(퇴장한다.)*
오델로	저놈은 참으로 대단히 성실해. 게다가 세상 물정에 밝아서 세태인정을 모두 알고 있어. 저 데스데모나가 도저히 길들일 수 없는 매라는 것이 확실히 판명된다면, 내 마음 속에 단단히 잡아매어 놓고 싶다 해도 나는 휘파람을 불어서 놓아 줄 테야. 되돌아오지 않도록 바람 부는 쪽으로 날려 보내서 제멋대로 먹이를 찾게 해야지. 혹시 내가 피부색이 검은데다가 한량들처럼 고상한 접대 솜씨

가 없다고 해서, 또는 내 나이가 이미 한창 때를 지났다고 해서, 그래도 아직 대단한 나이는 아니지만, 그녀가 날 저버렸는지도 모르지. 나는 모욕을 당했어. 나를 구원하는 길은 그녀를 미워하는 거야. 아, 결혼이란 원망스러운 거야! 우리는 상냥한 여자를 입으로는 자기 것이라고 말하지만 마음속에서는 자기 것이 아니니까 말이야! 사랑하는 사람을 남의 자유에 맡겨 놓고 자기는 한 모퉁이나 차지할 바에야 나는 차라리 두꺼비가 되어서 땅 속의 구멍에서 습기나 마시고 살겠어. 하지만 이건 지체 높은 사람들이 받는 저주지. 그들은 차라리 하층 계급 사람들보다도 못해. 이건 죽음과 마찬가지로 피할 수 없는 운명이야. 아내가 불륜을 저질러 남편의 이마에 뿔이 돋친다는 이 저주는 우리가 어머니의 태내에서 꿈틀거리기 시작한 그 순간부터 정해진 운명인 거야. 아, 데스데모나가 오는군.

🌸 *데스데모나와 이밀리아가 등장한다.*

오델로　　　저 여자가 불륜을 저지르다니. 아, 만일 그렇다면 하늘은 스스로를 속이는 거야! 나는 그런 건 믿을 수 없어.

데스데모나　여보, 오델로, 웬일이세요? 식사시간이라고요. 당신이 초대한 이 섬의 훌륭한 분들도 기다리고 있어요.

오델로　　　내가 나빴어.

데스데모나　왜 그렇게 목소리에 기운이 없으세요? 어디 편찮으세요?

오델로　　　여기 이마가 아파.

데스데모나　밤에 잠을 못 주무신 탓일 테지요. 곧 나을 거예요. 제가 단단히 동여매 드릴게요. 한 시간도 못돼서 나을 거예요.

이야고로 분장한 18세기
존 헨더슨 John Henderson

오델로	당신 손수건은 너무 작아. *(머리에 매어 준 손수건을 풀어 버린다. 데스데모나는 그것을 떨어뜨린다.)* 그 손수건은 내버려둬. 자, 같이 들어갑시다.
데스데모나	당신이 그렇게 기분이 언짢으신 모양이니, 참 안 됐어요. *(오델로와 데스데모나가 퇴장한다.)*
이밀리아	이 손수건이 내 손에 들어온 건 잘 됐어. 이건 부인이 무어인에게서 받은 최초의 기념품이야. 우리 집 고집통이 남편은 이걸 훔쳐내 오라고 백 번이나 나한테 졸라댔지. 하지만 부인은 무어인이 잃어버려서는 절대로 안 된다고 말했기 때문에 언제나 자기 손에서 떼지 않고, 키스하고 이야기하며, 그야말로 소중히 간직해 왔

어. 난 이 무늬를 본떠서 이야고에게 줘야겠어. 이걸 가지고 도대체 이야고가 어쩔 셈인지는 내가 상관할 게 아니야. 다만 난 그 놈 광이를 즐겁게 해주면 되는 거야.

🦋 *이야고가 등장한다.*

이야고   이봐! 당신 여기서 혼자 뭘 하고 있어?

이밀리아   화내지 말아요. 당신에게 줄 물건이 있으니까요.

이야고   나에게 줄 물건이라고? 신통한 게 아닐 테지.

이밀리아   뭐라고요?

이야고   바보 계집하고 산다는 건 신통치가 않단 말이야.

이밀리아   아, 그 말뿐인가요? 내가 손수건을 준다면 뭐라고 할 거예요?

이야고   무슨 손수건인데?

이밀리아   무슨 손수건이라니요! 아니, 무어인이 처음 데스데모나에게 선물한 것, 나더러 훔쳐오라고 당신이 귀찮게 조르던 것 말이에요.

이야고   훔쳐냈나?

이밀리아   아네요. 부인이 어쩌다 떨어뜨린 거예요. 그걸 운 좋게 내가 옆에 있다가 주웠지요. 보세요, 이거예요.

이야고   기특하군. 이리 줘.

이밀리아   당신은 나더러 이걸 훔쳐내 오라고 그렇게도 안달했는데 도대체 이걸 가지고 어쩔 셈이지요?

이야고   *(잡아 뺏으며)* 아, 당신은 상관할 거 없어.

이밀리아   그다지 필요가 없다면 돌려줘요. 부인은 가엾게도 그 손수건이 없어진 걸 알면 미쳐 버릴 거예요.

이야고   모르는 척하고 있으라고. 난 이게 쓸 데가 있거든. 그러면 저리 가

에밀리아 : 당신은 나더러 이걸 훔쳐내 오라고 그렇게도
안달했는데 도대체 이걸 가지고 어쩔 셈이지요?

봐. *(이밀리아가 퇴장한다.)* 나는 캐시오의 숙소에 이걸 떨어뜨려
놓고는 그놈의 눈에 띄게 할 테야. 공기처럼 가벼운 일도 질투에
사로잡힌 놈에게는 성서의 구절만큼 효력 있는 증거가 되거든. 이
걸 한 번 써먹어야지. 무어인은 내 독약에 이미 마음이 변해 가고
있어. 위험한 억측은 원래 독약과 같아서 처음에는 싫은 맛이 거
의 나지 않지만, 조금만 혈액 속에서 작용하면 유황 광산처럼 불
타오르지. 이거 봐, 내가 말한 그대로야. 아, 저기 오잖아!

❦ 오델로가 다시 등장한다.

이야고	너는 아편이든 만드라고라 mandragora(마취약)든, 세상의 그 어
	떠한 수면제를 먹어도 어제까지와 마찬가지로 편안하게 잠을 자
	지는 못할 게야.
오델로	아! 아! 나를 배신했다는 거냐?
이야고	아아, 각하! 그 일은 그만해 두세요.
오델로	꺼져! 물러가! 너는 나를 고문대에 올려놓았어. 어설프게 아는 것
	보다는 차라리 아주 모욕을 당하는 게 더 낫겠어.
이야고	각하, 왜 이러세요?
오델로	난 내 아내가 음탕한 짓을 했다고는 느껴지지도 않았어. 난 본 것
	도 아니고, 생각하지도 않았어. 그래서 괴롭지도 않았어. 그 다음
	날 밤에도 나는 잘 잤지. 기분도 좋고 명랑했지. 그녀의 입술에서
	캐시오의 키스 자국은 알아내지도 못했어. 도둑맞아도 도둑맞은
	줄 모르는 놈에게는 그걸 가르쳐 주지 않는 게 좋아. 그렇게 하면
	그는 도둑을 맞지 않은 것이나 다름이 없거든.
이야고	그런 말씀을 들으니 죄송하군요.
오델로	진영의 모든 병사들과 일꾼 같은 공병들, 그리고 그 밖의 모든 사
	람이 빠짐없이 그녀의 아름다운 몸을 향락했다 해도, 나만 아무것
	도 모르고 있다면, 나는 행복할 게야. 아, 나는 평온한 마음과 영원
	히 작별했어! 만족할 줄 아는 마음도 떠나버렸어! 깃털 장식을 한
	군대도, 공명과 수훈을 다투는 거창한 전쟁들도 마지막이야! 아,
	마지막이야! 울어대는 군마, 드높은 나팔 소리, 마음을 설레게 하
	는 북소리, 귀청을 찢는 피리 소리, 장엄한 군기, 영광스러운 전쟁
	의 자랑도 찬란함도 장관도 모조리 마지막이야! 그리고 아, 위력
	있는 대포들아, 무서운 절규로 벼락의 신 조우브 Jove의 성난 외
	침을 압도해 버리는 너희들하고도 작별이야! 오델로의 직책은 다

오델로 : 증거를 나에게 보여라. 그렇지
않으면 적어도 증명을 해라.

끝나 버리고 말았어!

이야고   각하, 그럴 리가 있겠어요?

오델로   이 악당 놈아, 내 아내가 음탕한 계집이라면 확실히 증명해 봐. 증거를 보여라. 눈에 보이는 증거를 보이란 말이야. *(이야고의 목덜미를 잡는다.)* 그렇지 않으면, 나의 영원불멸의 영혼에 걸고 맹세하지만, 너는 나의 격분을 받는 것보다 차라리 개로 태어났으면 더 좋았을 것이라고 생각하게 만들겠어.

이야고   그렇게까지 말씀하시는 건가요?

오델로   증거를 나에게 보여라. 그렇지 않으면 적어도 증명을 해라. 한 점의 의심을 품을 틈도 구멍도 없는 확실한 증거를 보여라. 보여 주지 않으면 네 목숨이 없을 줄 알아라!

오델로와 이야고 _ 18세기 판화

이야고	각하, 그건 말이에요.
오델로	만일 네가 근거도 없는 일로 그녀를 중상하고 나를 괴롭혔다면 이제는 기도를 더 이상 하지도 마라. 양심 따위는 내던져 버리고 죄업 위에 죄업을 쌓아올려라. 하늘을 울리고 땅을 놀라게 할 만한 못된 짓을 해라. 너에게는 이런 죄악보다 더 큰 죄는 있을 수 없으니까.
이야고	그런 말씀을 하시다니요! 너무 심하세요! 장군님은 인간이신가요? 마음이나 정신을 지니고 계신가요? 저는 하직하겠어요. 면직시켜

주세요. 아, 나는 못난 놈이야. 성심성의껏 얘기했는데도 그만 악당이 되어 버렸다니! 아, 고약한 세상이야! 아, 모두 정신을 차려라. 조심해라. 정직하면 위험한 세상이야. 장군님 덕분에 저는 한 가지를 배웠어요. 이제부터는 남을 친절하게 대해주지 않기로 하겠어요. 친절히 대해주면 원망을 산다는 걸 알았으니까요.

오델로   아니야. 거기 있어라. 너는 정직한 것 같아.

이야고   저는 약아져야만 하겠지요. 정직한 놈은 바보며, 땀을 흘리고도 손해를 보니까요.

오델로   사실 나는 내 아내가 결백하다고 생각하기도 하고 그렇지 않다고도 생각해. 너를 정직한 사람이라고 생각하다가도 그렇지 않다고도 생각하지. 난 아무래도 뭔가 증거가 있어야겠어. 달의 얼굴처럼 깨끗하게 여겨졌던 그녀의 이름이 지금은 더러워지고 시커멓게 되어서 마치 나의 얼굴 색깔과 같다 이거야. 밧줄이나 단검이나, 독약이나 불이나, 또는 그녀를 익사시킬 냇물이 여기 있다면 난 가만있지 않겠어. 아, 나는 증거를 보고 싶어, 증거를 말이야!

이야고   각하께서는 너무 흥분에 사로잡혀 계시는군요. 저는 각하께 얘기해 드린 것이 후회되요. 증거를 보고 싶으신가요?

오델로   물론 보고 싶지! 아니, 반드시 봐야겠어.

이야고   그야 안 되는 것도 아니지요. 하지만 어떻게 해야 좋을까요? 어떻게 보시겠다는 건가요? 각하께서 설마 구경꾼이 되어 멍청하게 입을 딱 벌리고 보시겠나요? 그 놈이 부인을 올라타고 있는 걸 보시겠다는 건가요?

오델로   맙소사! 더러워! 아아!

이야고   그 현장을 보여드리기는 상당히 어려운 일이겠지요. 둘이 나란히 자고 있는 걸 남에게 보인다는 것은 당치도 않은 소리니까요! 그렇다면 어떻게 할까요? 어떻게 하라는 건가요? 제가 어떻게 해야 각하께 만족스러운 증거가 될까요? 각하께서 직접 눈으로 보실 수는 없는 일이지요. 그들이 염소처럼 색정이 강하고, 원숭이처럼 음탕하고, 암내 낸 늑대처럼 음란하고, 술에 취한 바보처럼 지독하게 못났다 해도 말이에요. 하지만 만일 확실한 증거에 근거해서 이것만 풀어 가면 틀림없다고 할 만한 것이 있어서 만족하시겠다면, 저는 이야기해도 좋아요.

오델로　　내 아내가 정숙하지 못하다는 산 증거를 대라.

이야고　　저에게는 그런 직책이 좀 난처하군요. 하지만 저도 고지식하게 충성스러운 마음으로 여기까지 발을 들여 놓고 말았으니 이야기를 안 할 수 없겠지요. 제가 얼마 전에 캐시오와 같이 잠을 잤는데, 이가 쑤셔서 잠이 들지 못했어요. 이 세상에는 잠을 자는 동안 주책없이 자기 일을 중얼거리는 놈이 있지요. 캐시오가 그런 놈이라서 이런 잠꼬대를 했다고요. "귀여운 데스데모나, 조심합시다. 우리 둘의 사랑을 남들이 알지 못하게 감춥시다." 그런 다음 그는 내 손을 꽉 잡고는 "아, 귀여운 것!" 하고 소리를 질렀지요. 그러고는 내게 키스를 하지 않았겠어요? 마치 내 입술에 키스가 돋아나기라도 한 듯이 그것을 뿌리 채 뽑아낼 기세였지요. 그 다음에는 자기 다리를 내 가랑이 위에 척 올려놓고는 한숨을 내쉬고 또 입을 맞추고, 그리고 큰 소리로 "당신이 무어인에게 가다니, 아, 참혹한 운명이야!" 하고 소리 질렀지요.

오델로　　아, 망측해라! 망측하다고.

이야고　　아니, 이건 그가 꿈결에 한 짓일 뿐이지요.

오델로　　하지만 이건 예전에 해본 일이 있다는 증거야. 꿈이라도 얼마든지 의심할 여지가 있어.

이야고	그리고 다른 확실치 않은 증거를 보충하는 것도 되고요.
오델로	난 그년을 갈기갈기 찢어 버릴 테야.
이야고	아, 그렇지만 신중하셔야 해요. 아직 현장을 잡은 건 아니니까요. 부인은 아직 결백한지도 모르지요. 다만 한 가지 물어 보겠는데, 장군님은 딸기가 수놓인 손수건을 부인이 손에 들고 있는 걸 가끔 보셨나요?
오델로	그건 내가 그녀에게 준. 나의 첫 선물이야.
이야고	저는 그런 사실을 몰랐어요. 그런 손수건이 말이에요. 그건 부인의 것이 틀림없는데, 그걸로 캐시오가 수염을 닦고 있는 걸 오늘 제가 목격했지요.
오델로	그게 그것이라면 말이야.
이야고	그게 그것이 아니라 해도, 어쨌든 부인의 것이라면 다른 증거들도 있는 터이니 그건 더욱더 부인이 의심스러운 게 되지요.
오델로	에잇, 그 못된 놈의 모가지가 사만 개나 된다면 좋겠어! 복수하려고 해도 모가지 하나로는 나에게 너무 부족해. 너무 적단 말이야. 그러고 보니 틀림없는 것 같군. 이거 봐라, 이야고, 이렇게 나는 나의 어리석은 애정을 모두 하늘로 팽개쳐 버린다고. 날아가 버렸어. 시커먼 복수야, 지옥의 구멍에서 일어나라! 아, 내 마음속에 왕좌를 차지한 애정아, 왕관을 저 잔악한 증오에게 넘겨주어라! 내 가슴아, 독사의 혓바닥에서 토해진 그 독으로 퉁퉁 부어올라라!
이야고	각하, 진정하세요.
오델로	아, 피다, 피! 피란 말이야!
이야고	참으세요. 각하의 마음은 변하는지도 모르니까요.
오델로	이야고, 절대로 변하지 않아. 폰틱 Pontic 해(흑해)의 얼음물 같은 격류가 뒤로 물러서는 일이 없이 곧장 프로폰틱 Propontic 해에서

헬레스폰트 Hellespont 해협으로 흘러드는 것처럼, 그렇게 피가 광란하는 나의 일념은 마음껏 복수를 하기 전에는 결코 뒤를 돌아보지도 않고, 하찮은 애정 때문에 썰물같이 물러서지도 않겠어. 자, 영원히 변치 않는 하늘에 걸고 *(무릎을 꿇고)* 나는 여기서 경건하게 신성한 맹세를 하지.

이야고　아직 일어나지 마세요. *(무릎을 꿇고)* 영원히 하늘에서 빛나는 일월성신은 굽어 살피십시오. 우리를 에워싸고 있는 대자연이여, 보십시오. 여기 이야고는 나의 지혜와 나의 두 팔과 나의 마음의 힘을 다하여 배신당한 오델로 각하를 위해 봉사하겠어요. 장군님의 명령이라면 어떠한 잔학한 행위라도 무자비하게 이행하겠어요. *(두 사람이 일어선다.)*

오델로　　너의 성의에 대해 나는 입으로만이 아니라 진심으로 감사한다. 그래서 지금 여기서 네가 할 일을 명령하겠어. 캐시오가 살아 있지 않는다는 보고를 너는 삼 일 이내에 가지고 와라.

이야고　　그는 나의 친구지만 이미 죽었어요. 장군님의 명령이 내려진 이상 그를 해치운 거나 마찬가지거든요. 하지만 부인의 목숨만은 살려 주세요.

오델로　　밉살스러운 창녀야! 아, 지옥에나 떨어져라! 지옥에나 떨어지라고! 자, 같이 가자. 나는 집에 가서 저 아름다운 여자 악마를 빨리 없애 버릴 궁리를 하겠어. 이제부터는 네가 나의 부관이야.

이야고　　저는 영원히 충성을 다하겠어요. *(두 사람이 모두 퇴장한다.)*

3막 4장

키프로스. 성 앞.

🌿 *데스데모나, 이밀리아, 어릿광대가 등장한다.*

데스데모나　　이봐, 부관 캐시오가 어디에 거주하는지 아느냐?

광대　　그 사람이 어디서 거짓말을 하는지 저는 감히 말할 수 없지요.

데스데모나	왜?
광대	그는 군인인데, 군인이 거짓말을 한다고 했다가는 제가 칼침을 맞을 테니까요.
데스데모나	나 원 참. 그는 어디서 묵느냐?
광대	어디서 묵고 있다고 말씀드리는 건 곧 어디서 거짓말하느냐 하는 것과 같지요.
데스데모나	무슨 소릴 하는 거냐?
광대	그의 숙소가 어딘지 저는 모르거든요. 그러니까 제가 무리하게 거처를 꾸며대서 그가 여기 거주한다, 아니, 저기 거주한다 하고 말하는 건 나의 이 목구멍이 거짓말을 하는 것이 되지요.
데스데모나	너는 다른 사람들에게 물어보고, 그 가르침을 받아서 알아 볼 수 있겠느냐?
광대	그가 어디 있는지 저는 온 세상 사람들과 문답을 해야겠군요. 말하자면 찾아다녀 보고, 그리고 나서 대답한다는 거지요.
데스데모나	그를 찾아내라. 그리고 그에게 이리 오시라고 해라. 내가 장군님을 설득해 놓았으니까 만사가 다 잘 될 거라고 전해라.
광대	그런 심부름 같으면 사람의 지혜로 할 수 있는 것이지요. 그러니까 저는 그 일을 해보겠어요. (퇴장한다.)
데스데모나	이밀리아, 내가 어디서 그 손수건을 잃어버렸을까?
이밀리아	저는 모르겠는데요?
데스데모나	나는 차라리 금화로 가득 찬 돈주머니를 잃은 게 더 나았을 게야. 장군님은 진실하셔서 질투심 많은 사람들에게서 볼 수 있는 비열한 데가 전혀 없는데, 그렇지만 않다면 정말 언짢게 생각하실 거야.
이밀리아	그렇게도 질투심이 없는 분이신가요?
데스데모나	누구? 그분 말이냐? 그분 고향의 밝은 태양이 그분에게서 그런 기

	질을 다 빨아들였을 거야.
이밀리아	아, 그분이 저기 오시는군요!
데스데모나	이번에는 캐시오를 불러들이겠다는 말씀이 떨어지기 전에는 난 그이 곁을 떠나지 않을 테야.

🌺오델로가 등장한다.

데스데모나	여보, 당신 기분은 좀 어때요?
오델로	음, 좋아. *(방백)*아, 마음을 숨기기란 매우 괴롭군! 데스데모나, 당신은 어떤가?
데스데모나	좋아요.
오델로	손을 이리 내봐요. 이 손은 축축하군.
데스데모나	아직 나이도 어리고 슬픔도 모르니까요.
오델로	이건 관대하고 마음이 너그럽다는 걸 말하는군. 따뜻하고, 뜨겁고, 윤기가 돌고 있어. 당신의 이 손은 방에 들어앉아서 단식하고 기도하고, 그리고 재계와 고행과 예배를 해야 할 손이야. 젊고 다정다감한 악마가 숨어 있어서 흔히 모반을 일으키는 손이거든. 좋은 손이야. 관대한 손이라고.
데스데모나	그래요. 옳아요. 이 손으로 저의 마음을 당신에게 내어드렸으니까요.
오델로	마음이 넓은 손이야. 예전에는 마음을 허락하고 나서 손을 내어주었다는데, 요즈음의 격식은 마음이 먼저가 아니라 손이 먼저지.
데스데모나	글쎄, 뭐라 해야 좋을는지요. 그건 그렇고, 당신 약속은 어떻게 되었지요?
오델로	무슨 약속 말인데?

데스데모나	제가 캐시오를 부르러 사람을 보냈어요. 그가 당신과 직접 이야기 해 보도록 말이에요.
오델로	나는 콧물이 나와서 난처하군. 당신 손수건을 이리 내봐.
데스데모나	자, 여기 있어요.
오델로	내가 준 거 말이야.
데스데모나	지금은 안 가지고 있는 걸요.
오델로	안 가지고 있다고?
데스데모나	네, 정말이에요.
오델로	그건 안 돼. 그 손수건은 우리 어머니가 이집트 여자한테서 받은 거야. 그 여자는 마술을 하는 여자였는데, 남의 마음을 대개는 꿰 뚫어 볼 수가 있어서 어머니에게 이렇게 말했다는 거야. 이 손수 건을 가지고 있는 동안은 사람들의 귀여움을 받고, 남편의 애정도 마음대로 할 수 있지만, 한 번 잃어버리든지 남에게 주든지 하면 남편에게 미움을 받고 남편의 마음이 새로운 재미를 찾게 된다고 말이야. 어머니는 돌아가실 때 그걸 나에게 주셨어. 그리고 내가 운이 좋아 결혼하게 된다면 이걸 아내에게 주라고 말하셨지. 그래 서 나는 당신에게 준 거요. 그러니까 조심해요. 당신의 눈처럼 소 중히 하라고. 잃어버리든지 남에게 주든지 하면, 그야말로 엄청난 재앙이 닥칠 거요.
데스데모나	어머, 그럴 수가 있어요?
오델로	정말이야. 그 헝겊에는 마력이 들어있어. 이 세상에서 이백 년이 나 나이를 먹은 무당이 예언을 할 때 황홀해져서 수를 놓은 것이 거든. 그 명주실을 뽑아낸 것은 신성한 누에였고, 그 실은 전문적 인 기술자가 처녀의 염통에서 뽑은 묘약으로 물들인 거라고.
데스데모나	어머나! 정말인가요?

오델로	대단히 확실한 이야기요. 그러니까 조심해요.
데스데모나	그렇다면 난 그걸 보지 않았더라면 좋았을 거로군요!
오델로	저런! 이유가 뭐야?
데스데모나	왜 그렇게 격렬하고 난폭한 말투를 쓰세요?
오델로	없어졌어? 잃어버렸어? 어디다 내버렸어?
데스데모나	이를 어쩐단 말인가!
오델로	뭐라구?
데스데모나	없어지진 않았어요. 하지만 만일 없어졌다면 어떡하실래요?
오델로	뭐라고?
데스데모나	없어지진 않았다니까요.
오델로	그러면 가지고 와서 보여 봐.
데스데모나	그야 보여 드릴 수 있지요. 그래도 지금은 싫어요. 이건 당신이 나의 요청을 얼버무리려고 그러시는 거라고요. 캐시오를 제발 복직시켜 드리세요.
오델로	손수건을 가져와 봐. 어쩐지 염려되는군.
데스데모나	여보, 그만한 훌륭한 분은 다시는 없어요.
오델로	손수건을 내놔!
데스데모나	제발 캐시오 얘기를 하세요.
오델로	손수건을!
데스데모나	줄곧 오직 당신의 호의만 믿고 온갖 위험을 당신과 함께 겪어 온 분이라고요.
오델로	손수건을!
데스데모나	당신은 정말 너무 해요.
오델로	에잇, 비켜! *(퇴장한다.)*
이밀리아	저래도 질투하지 않는 분이라는 건가요?

데스데모나 　 난 이런 일은 처음이야. 아무래도 그 손수건에는 뭔가 이상한 마력이 있나 봐. 그걸 잃어버렸으니 난 정말 어떡한단 말인가!

이밀리아 　 남자의 마음은 일 년이나 이 년으로는 알 수 없어요. 남자가 위장이라고 한다면 여자는 음식인 셈이지요. 남자란 게걸이 들린 것처럼 여자를 먹고 배가 꽉 차면 여자를 토해 버리거든요. 어머나, 캐시오가 내 남편과 함께 오는군요.

🍀 *캐시오와 이야고가 등장한다.*

이야고 　 부인께 부탁하는 수밖에는 다른 방법이 없어, 아, 마침 잘 됐군! 자, 부탁해 봐.

데스데모나 　 아, 캐시오! 무슨 일인가요?

캐시오 　 부인, 제가 전에 드린 요청이지만, 부인의 힘으로 다시 한 번 저를 살아나게 해주세요. 그리고 제가 진정으로 세상에 둘도 없이 존경하는 장군님의 사랑을 되찾게 해주세요. 이제는 더 기다릴 수 없어요. 만일 저의 죄가 너무 커서 지금까지의 공로나 현재의 비탄으로, 또는 장래에 바치려고 하는 충성을 가지고도 다시 은혜를 받을 수 없다면, 저는 그렇다는 말씀이라도 들으면 감사하겠어요. 그러면 저는 억지로라도 단념하고 운명에 매달려 다른 생활 방도를 찾기로 하겠어요.

데스데모나 　 아, 착하고 점잖은 캐시오! 제가 간청해 보았지만 그분은 지금 기분이 좋지 않아요. 그분의 기분이 보통 때와는 다르다고요. 그분은 변해서 예전과 같은 사람이라고 볼 수가 없을 정도예요. 왜 그러시는지 모르겠어요. 제가 당신을 위해 지나치게 말을 해서 그런지, 끝내는 그분의 비위를 상하게 하고 말았으니 어떻게 해야 좋을지 모르겠어요! 하지만 좀 참아 보세요. 저도 될 수 있는 데까지는 해 보겠으니까. 나 자신을 위해서라면 하지 못할 일까지도 해 보겠어요. 그러니 용서하세요.

이야고　　장군님이 화가 나셨나요?

이밀리아　방금 저쪽으로 가셨어요. 확실히 이상하게도 안절부절 못하시던데요.

이야고　　그분도 화를 내시는 일이 다 있나? 나는 언젠가 장군님의 병사들이 포탄을 맞아 공중으로 날아가고, 그분의 친동생도 바로 옆에서 처참하게 날려서 없어졌는데도 그분이 태연하신 걸 보았지. 그런데 그분도 역정을 내실 때가 있나? 그렇다면 뭔가 중대한 사건이 있는 모양이로군. 난 가서 만나봐야겠어요. 만일 역정을 내셨다면 그만한 이유가 있을 테지요.

데스데모나　제발 그렇게 해주세요. (이야고가 퇴장한다.) 어떤 정치적 사건 때문일 거야. 베니스에서 소식이 왔거나, 어떤 음모가 이 키프로스에서 탄로됐거나 해서 그분의 맑은 기분이 망쳐진 것일 테지. 그런 경우에 남자들은 진짜 상대는 큰 사건이면서도 사소한 일에도 조바심하기 마련이야. 정말 그래. 손가락이 아프면 다른 멀쩡한 곳들도 아픈 것처럼 여겨지는 법이거든. 그리고 남자도 신은 아니니까 결혼 당시와 마찬가지로 상냥한 마음씨를 언제까지나 계속해서 보여줄 거라고 기대해서는 안 되지. 이밀리아, 나는 정말 부끄러워. 군인의 아내답지 않게 그분을 불친절하다고 불평을 하다니 말이야. 지금 생각하니 내 마음씨가 나빴어. 그분은 하나도 잘못이 없는 거야.

이밀리아　정말 그런 정치적 일이라면 좋겠군요. 사모님에게 관련된 당치도 않은 상상이나 질투가 아니고 말이에요.

데스데모나	어머나! 난 아무것도 안 했는데 뭐.
이밀리아	그렇지만 의심 많은 사람은 그런 대답만으로는 만족하지 않아요. 그만한 이유가 있어서 의심하는 게 아니거든요. 의심하기 때문에 의심하는 것뿐이에요. 의심이란 건 저절로 잉태되고 저절로 태어나는 괴물이니까요.
데스데모나	제발 그런 괴물이 오델로의 마음속에 들어가지 않기를!
이밀리아	저도 그렇게 빌겠어요.
데스데모나	내가 찾아서 모시고 오겠어요. 캐시오, 당신은 여기서 거닐고 계세요. 그분의 기분이 좋은 것 같으면 당신의 요청을 꺼내서 되도록 결말지어 보겠어요.
캐시오	부인, 진심으로 감사해요. (데스데모나와 이밀리아가 퇴장한다.)

🌸 비앙카가 등장한다.

비앙카	캐시오, 안녕하세요?
캐시오	어떻게 왔지? 미인 비앙카, 잘 있었나? 난 지금 당신을 찾아가려고 하던 참이었어.
비앙카	캐시오, 나는 당신 숙소로 찾아가는 길이었다고요. 아니, 나를 일주일씩이나 따돌리기예요? 칠일 낮과 칠일 밤이나? 백육십팔 시간이나? 기다리는 애인으로서는 그것의 백육십 배나 기다린 것보다 더 지루한데도요? 아, 계산하는 데만도 지쳐버릴 지경이라고요!
캐시오	미안해, 비앙카. 나도 요즘음 우울한 일이 있어서 그랬어. 그러나 앞으로는 당신을 찾아가서 오래 묵고, 오랫동안 못 가본 것을 보충해주겠어. 그런데 비앙카, (데스데모나의 손수건을 주며) 이 수놓은 문양을 본떠 주겠어?

비앙카 : 어머나, 캐시오, 이건 웬 거야?

비앙카	어머나, 캐시오, 이건 웬 거야? 또 좋은 사람이 생긴 모양이로군. 당신이 나를 버려둔 까닭을 이젠 알았어요. 이렇게 된 거지요? 좋아요. 알았어요.
캐시오	이봐, 당신이 도대체 누구에게 그런 억측을 배웠는지 모르겠지만, 그런 건 악마 아가리에 던져 넣어 버려. 내가 이걸 어떤 여자에게서 기념으로 받은 줄 알고 당신은 질투하는군. 아니야. 절대로 그렇지 않아, 비앙카.
비앙카	그럼 이건 누구 거예요?
캐시오	누구 건지는 나도 몰라. 내 방에 떨어져 있었어. 나는 그 수놓은 문양이 마음에 들었어. 그래서 반드시 누군가가 찾으러 올 테지만 찾으러 오기 전에 문양을 본떠두고 싶은 거야. 가지고 가서 본을 좀 떠줘. 지금은 돌아가 줘.
비앙카	돌아가라니요! 왜요?
캐시오	난 여기서 장군님을 기다리고 있는 중이야. 여자하고 같이 있다는 건 내 신용의 문제이고 나도 난처하지.
비앙카	그건 왜 그래요?
캐시오	당신이 싫어서 그러는 건 아냐.
비앙카	아녜요. 당신은 내가 싫어서 그러는 거예요. 그럼 조금만 배웅해 줘요. 그리고 오늘 밤에 찾아오겠다고 약속하세요.
캐시오	바래다주겠지만 멀리는 못 가겠어. 난 여기서 기다리고 있어야만 하거든. 하지만 당신을 곧 찾아가겠어요.
비앙카	고마워요. 그럼 할 수 없지요. *(두 사람이 퇴장한다.)*

키프로스. 성 앞.

🦋오델로와 이야고가 등장한다.

이야고   그렇게 생각하시는가요?

오델로   이야고, 그렇게 생각한다니!

이야고   말하자면 숨어서 키스하는 걸로 생각하시는가요?

오델로   그건 용서할 수 없는 키스야.

이야고   그러면 더러운 마음은 전혀 없이 여자가 벌거벗은 채 한 시간이나
         그보다 더 오래 남자 친구와 같이 잔다면요?

오델로   이야고, 벌거벗은 채 자는데 더러운 마음이 전혀 없다니! 그런 짓
         은 악마마저도 위선이라고 욕해. 깨끗한 마음이라고 하지만 그런
         위험한 짓을 하는 놈들은 악마한테 유혹을 당하여 결국은 천벌을
         받아.

이야고   실제로 아무 짓도 하지 않는다면 죄가 안 되지요. 그러나 제가 아

	내에게 손수건을 줬다면 말이지요.
오델로	그래서?
이야고	그렇게 주었다면 그건 아내의 것이지요. 이래서 그게 아내의 것이 되었다면, 그건 아내의 것이기 때문에 그녀가 그걸 어느 남자에게 주든지 나하고는 상관이 없을 것 같군요.
오델로	그녀는 자신의 정조도 지켜야만 해. 그런데 그걸 그녀가 아무에게 나 내어주어도 괜찮다는 거냐?
이야고	여자의 정조란 눈에 보이지 않는 거지요. 그리고 정조를 지키지 않은 여자들을 흔히 정숙한 여자라고 말하는 세상이고요. 하지만 손수건의 경우라면 말이에요.

오델로	아, 난 손수건 따위는 제발 잊어버리고 싶어. 너는 나에게 말했지. 그놈이 내 손수건을 가지고 있었다고 말했어. 아, 그 일이 내 머릿속에서 떠나지 않아. 마치 까마귀가 염병 앓는 집 위를 떠나지 않은 채 불길한 소리로 울어대는 것처럼 말이야.
이야고	아니, 그게 어떻다는 건가요?
오델로	그건 안 될 말이야.
이야고	그건 아무것도 아니잖아요? 그놈이 장군님을 모욕하는 걸 제가 목격했다고 말한다 해도, 그놈이 떠들고 다니는 말을 제가 들었다고 말한다 해도 말이지요. 자기가 설득해서 여자를 손에 넣었든, 여자가 그에게 반해서 굴러 들어왔든, 하여간 떠들어대지 않고는 못 배기는 그런 자들이 세상에는 있지요.
오델로	그놈이 뭔가 떠들어댔다는 거냐?
이야고	그럼요, 장군님. 그러나 미리 말씀드리지만 그놈이 자기는 모른다고 잡아뗄 수 있는 그런 내용이었지요.
오델로	뭐라고 했는데?
이야고	분명히 그놈은 말했지요. 글쎄, 뭐라고 했더라?
오델로	뭐라고 했느냐? 뭐라고 했어?
이야고	잤다고요.
오델로	내 아내하고?
이야고	같이요. 그리고 올라타고 태우고, 여러 가지로 말이에요.
오델로	그놈이 내 아내와 같이 잤다니! 올라타고 태웠다니! 내가 속았단 말이군. 음, 같이 잤다니! 에잇, 더러워! 손수건! 자백! 손수건! 먼저 자백하고 나서 그 결과로 교수형을 받는 게 제격이지. 하지만 그런 놈은 먼저 목을 졸라 죽이고 나서 자백시켜야지. 나는 소름이 끼쳐. 어떤 예감이 아니고서는 사람이 이렇게 암담한 격정에

휩싸일 수는 없어. 오로지 말만 듣고는 이렇게 마음이 산란할 수는 없다고. 흥! 그들은 코와 코를, 귀와 귀를, 입술과 입술을 비벼 대고 했었어. 그럴 수가 있는가? 자백했나? 손수건! 아, 악마! *(기절해서 쓰러진다.)*

이야고 작용해라, 나의 약 기운아, 작용해라! 고지식한 바보들이란 이렇게 걸려드는 거야. 훌륭하고 정숙한 여자들도 수도 없이 이렇게 억울하게 당하는 거라고. 아니, 이게 웬일이세요? 각하! 각하! 이거 보세요! 오델로 장군 각하!

�${}$ *캐시오가 등장한다*

이야고 아, 캐시오!

캐시오 무슨 일인가?

이야고 장군님이 간질로 쓰러지셨어요. 이건 두 번째 발작인데 어제도 한 번 발작이 일어났거든요.

캐시오 관자놀이 근처를 문질러 줘.

이야고 아니에요. 내버려두는 게 좋아요. 이런 병은 조용히 놓아두어야만 해요. 그렇지 않으면 그는 입에서 거품을 뿜고, 곧 난폭한 미치광이가 되거든요. 아, 움직이시는군. 저리 좀 비켜 주세요. 그는 의식을 곧 회복하실 거요. 장군님의 간질 증세가 가라앉은 뒤에 난 당신과 중대한 문제를 의논하고 싶군요. *(캐시오가 퇴장한다.)* 장군님, 어떠세요? 머리가 아프신가요?

오델로 나를 놀리는 거냐?

이야고 제가 각하를 놀리다니요! 천만에요. 각하께서 대장부답게 운명을 견디어내시도록 저는 기도하고 있었지요.

오델로	아내가 불륜을 저질러 자기 이마에 뿔이 난 사내는 괴물이고 짐승이야.
이야고	그렇게 말씀하신다면 큰 도시는 짐승들이나 점잖은 척하는 괴물들이 득실거리겠군요.
오델로	그놈이 자백했나?
이야고	정신 차리세요. 그리고 생각해 보세요. 대체적으로 결혼한 남자란 모두 각하와 같다고요. 매일 밤 자기가 눕는 잠자리가 사실은 남의 것인데도 자기 생각으로는 자기 것이라고 단정하는 남자들이 수백만 명이나 살고 있지요. 각하의 경우는 약과지요. 부정한 여자의 입술을 잠자리에서 안심하고 핥으면서 그녀를 정숙한 여자라고 생각한다면, 그것이야말로 지옥의 저주 감, 악마의 조롱감이라고요! 아니, 저 같으면 그걸 알아두겠지요. 자기 자신의 입장을 알면 대처하는 방법도 있을 테니까요.
오델로	아, 너는 현명해. 확실히 그래.
이야고	이 자리를 잠깐만 비켜 주세요. 그리고 잠깐만 참고 계세요. 조금 전에 각하께서 상심한 나머지 여기 쓰러져 계셨을 때, 그건 장군님답지 않은 홍분이었지만, 캐시오가 여기 왔었는데 제가 적당히 돌려보냈지요. 각하의 기절에 관해서는 잘 얼버무려 놓았고요. 그리고 제가 할 얘기가 있으니 다시 오라고 했더니 그놈은 그러겠다고 하더군요. 그러니까 각하께서는 잠깐 숨어 계시면서 그놈이 각하를 멸시하거나 조롱하지는 않는지 그놈의 얼굴 표정을 빠짐없이 잘 살펴보세요. 저는 그놈이 그 이야기를 다시 한 번 하도록 만들겠어요. 어디서, 어떻게, 몇 번이나 했는지, 그리고 과거에 언제 부인과 만났고 또 다음에는 언제 만나기로 되어 있는가를 말이에요. 아시겠어요? 그놈의 표정을 주의해 살펴보세요. 하지만 참으

서야만 해요. 참지 않으시면 각하께서는 감정에 빠져 형편없는 사람이 되시고 말거든요.

오델로   알겠네, 이아고? 나는 그 누구보다도 냉정하게 참을 테야. 하지만 말이야. 난 그 누구보다도 잔인해질 수 있다 이거야.

이아고   그야 물론이시지요. 그러나 만사에 조급하게 굴지는 마세요. 저리 물러가 계시겠어요? *(오델로가 퇴장한다.)* 나는 이제 캐시오에게 비앙카에 관해 물어볼 테야. 그년은 몸을 팔아서 먹을 것과 입을 것을 마련하는 창녀거든. 게다가 캐시오에게 반해 있지. 수많은 사내들을 속이면서도 결국은 한 남자에게 속기 마련인 것이 창녀의 숙명이니까. 캐시오 그놈은 그 여자에 관한 이야기만 들으면 폭소를 참지 못하거든. 그놈이 이리 오는군.

    🍀 *캐시오가 다시 등장한다.*

이아고   캐시오 그놈이 웃으면 오델로는 미치고 말 테지. 그는 곧 터무니없는 의심에 사로잡힌 채, 캐시오에게는 안 됐지만, 캐시오가 웃는 꼴이나 몸짓이나 들뜬 태도 등 모든 것을 나쁘게만 해석할 거야. 부관님, 어떻게 됐나요?

캐시오   부관이란 말은 하지도 마라. 나는 그 자리를 잃어서 죽을 지경으로 괴롭거든.

이아고   장군 부인에게 잘 부탁해 보세요. 틀림없이 복직이 될 테니까. *(작은 소리로)* 그렇지만 이 요청에 관해 비앙카의 힘을 동원한다면 당신의 신세는 얼마나 빨리 피겠는가!

캐시오   흥, 그까짓 게 뭐라고!

오델로   *(방백)* 아니, 저놈이 벌써 웃다니!

이야고	그토록 남자를 열렬히 사랑하는 여자를 저는 처음 봤다고요.
캐시오	쳇, 하찮은 계집이야! 나한테 반해 있는 건 확실하지만 말이야.
오델로	이번엔 마지못해 부정하고, 웃으며 얼버무리는군.
이야고	캐시오, 그렇지만 말이에요.
오델로	이야고는 이제 그 얘기를 시켜 보려고 하는군. 음. 잘했어, 잘했어.
이야고	그 여자는 당신과 결혼할 거라고 떠들고 다니던데요. 당신도 그럴 생각인가요?
캐시오	하, 하, 하!
오델로	의기양양하군. 못된 놈 같으니! 그렇게도 의기양양하단 말이냐?
캐시오	내가 그런 여자와 결혼하다니! 뭐라고? 창녀하고 결혼하다니! 미안하지만 나도 그렇게 바보는 아니야. 그렇게 얕보지 말라고. 하, 하, 하!
오델로	그래. 그래. 의기양양한 놈은 웃는 법이지.
이야고	그렇지만 당신이 그 여자와 결혼한다는 소문이 돌고 있다고요.

캐시오	농담은 제발 그만 둬.
이야고	농담이라니요? 천만의 말씀.
오델로	네놈이 나를 모욕했어? 좋아.
캐시오	그건 그 암컷 원숭이가 제멋대로 퍼뜨린 소문이야. 내가 약속한 게 아니라, 자기 혼자 나한테 반해 가지고 우쭐해져서 결혼한다고 제멋대로 단정한 거라고.
오델로	이야고가 눈짓을 하는군. 이제 얘기를 시작할 모양이야.
캐시오	그 여자는 방금 여기 있었어. 내가 어디를 가든 귀찮게 쫓아다니고 있거든. 지난번에도 내가 항구에서 베니스 사람들과 얘기하고 있는데 저 못난 년이 쫓아와서는 바로 이렇게 내 목에 매달렸어.
오델로	"아, 사랑하는 캐시오!" 하고 소리쳤겠지. 저놈의 몸짓으로 보아서는 꼭 그랬을 거야.
캐시오	나에게 이렇게 매달리고 축 늘어진 채 울어댔어. 그리고 나를 마구 혼들어대며 끌어당겼지. 하, 하, 하!
오델로	그렇게 해서 그녀가 저놈을 나의 침실로 끌고 갔다 이거로군. 아, 개가 있다면 저놈의 코를 뽑아서 개에게 내던져 주고 싶다.
캐시오	하지만 난 언제까지나 그녀를 상대해 줄 수도 없어.
이야고	맙소사! 아니, 그녀가 저기 오는군요.
캐시오	저놈의 족제비가! 흠, 냄새만은 향수가 코를 찌르는군.

    🌸 *비앙카가 등장한다.*

캐시오	이렇게 나를 쫓아다니면 어쩌자는 거야?
비앙카	당신 같은 사람은 악마와 악마의 어미나 쫓아다니라고 해요! 조금 전에 나에게 준 손수건은 도대체 뭘 어쩌자는 거예요? 그런 걸 받

다니 난 정말 바보였지. 수놓은 문양을 본떠 달라고? 이게 당신 방에 떨어져 있었는데 당신은 누가 떨어뜨렸는지 모르겠다고? 정말 그럴듯해! 어떤 바람난 년이 준 거겠지. 그걸 나보고 본을 떠달라고? 이건 바람난 그년에게나 주라고요. 당신이 이걸 어디서 가져왔는지는 모르겠지만, 난 본떠 주기 싫다고요.

캐시오	이봐, 비앙카! 왜 그래? 아니, 이럴 수가!
오델로	저건 분명히 내 손수건일 게야!
비앙카	오늘 밤 식사하러 오세요. 만일 못 오시겠으면, 다음에 부를 때나 오세요. *(퇴장한다.)*
이야고	저 여자의 뒤를 따라가 보세요. 뒤를 따라가 보라니까요.
캐시오	난 그래야만 하겠어. 그렇지 않으면 저년이 큰길에서 떠들어댈 테니까.
이야고	역시 그곳에서 식사할 건가요?
캐시오	음, 그렇게 할 작정이야.
이야고	그러면 저도 거길 찾아갈지도 모르겠군요. 당신과 꼭 할 얘기가 있으니까.
캐시오	그러면 제발 와라. 올 거지?
이야고	더 이상 아무 말도 말고 빨리 따라가 보기나 하라고요. *(캐시오가 퇴장한다.)*
오델로	*(앞으로 나서면서)* 이야고, 저놈을 어떻게 죽일까?
이야고	저놈이 나쁜 짓을 하고도 재미있어 하는 걸 보셨지요?
오델로	아, 이야고!
이야고	손수건도 보셨지요?
오델로	내 것이었나?
이야고	각하 것이지요. 분명히! 부인을 얼마나 바보 취급하는지도 보셨잖

	아요! 부인이 주신 걸 저놈은 자기의 창녀 년에게 주어버렸지요.
오델로	저놈을 구 년에 걸쳐 두고두고 곯려서 죽이고 싶어. 내 아내는 훌륭한 여자야! 아름다운 여자야! 상냥한 여자야!
이야고	아니에요. 장군님은 그걸 다 잊어버려야만 해요.
오델로	음, 그년은 오늘 밤 안으로 썩어 버리고, 꺼져 없어지고, 지옥에 떨어져 버려라! 난 절대로 그년을 살려 두지 않을 테니까. 아니, 내 염통은 돌처럼 굳어 버렸어. 염통을 때리면 내 손이 오히려 다칠 지경이야. 아, 이 세상에 그렇게 귀여운 여자는 없어. 임금님 옆에 누워 그의 사업을 지휘할 자격도 있는 여자라고.
이야고	안 되겠어요. 장군님답지도 않아요.
오델로	뒈질 년! 아니, 나는 그 여자에 대해 사실대로 말하는 거야. 바느질도 잘하고, 음악도 잘하지. 아, 그녀가 노래를 부르면 성난 곰도 얌전해지지. 재주 있고, 재치도 있지.
이야고	바로 그러니까 더욱 몹쓸 여자라는 거라고요.
오델로	아, 그래. 정말 그렇고말고. 하지만 얼마나 얌전한 여자냐 말이야!
이야고	예, 지나치게 얌전하지요.
오델로	웅, 정말 그래. 그렇지만 불쌍해, 이야고! 아, 정말 불쌍해, 이야고!
이야고	부인의 부정에 대해 그렇게 미련을 품고 생각하신다면, 차라리 정식으로 간통을 허락해 주세요. 장군님만 아무렇지 않다면 다른 사람은 개의할 바가 아니거든요.
오델로	그년을 갈기갈기 찢어 놓겠어. 간통을 하다니!
이야고	아, 정말 더러운 여자지요.
오델로	더군다나 나의 부관하고 말이야!
이야고	그러니까 더욱 더럽지요.
오델로	이야고, 독약을 가져와. 오늘 밤에 당장 가져와. 난 그년의 변명 따

위는 들어주지도 않을 테야. 그년의 아름다운 얼굴과 자태를 보면 내 결심이 흐려질 테니까. 이야고, 오늘 밤이야.

이야고 독약은 안 되요. 침대에서 목을 졸라 처치하세요. 그 여자가 더럽혀 놓은 바로 그 침대에서 말이에요.

오델로 음, 좋아. 그게 좋겠어. 그래야 마땅하지.

이야고 그리고 캐시오의 처분은 제게 맡겨 주세요. 자정이 될 때까지 제가 보고를 드리지요. (안에서 나팔소리.)

오델로 좋아! 저건 무슨 나팔 소리지?

이야고 틀림없이 베니스에서 누군가 온 모양이군요. 아, 공작님께서 파견하신 로도비코가 왔어요! 부인도 같이 오시는군요.

🌿 로도비코, 데스데모나, 시종들이 등장한다.

로도비코 장군님, 안녕하십니까?

오델로 아, 안녕하십니까?

로도비코 베니스의 공작 전하와 원로원 의원들의 안부를 전하겠어요. (편지를 준다.)

오델로 편지를 고맙게 받겠소. (편지를 뜯어서 읽는다.)

데스데모나 로도비코, 별다른 소식이라도 있어요?

이야고 각하, 만나 뵙게 되어 반가워요. 키프로스에 잘 오셨어요.

로도비코 고마워요. 부관 캐시오는 잘 있는가요?

이야고 예, 잘 있지요.

데스데모나 그 사람과 장군님은 슬프게도 사이가 나빠졌어요. 하지만 당신이라면 반드시 화해시킬 수 있을 거예요.

오델로 정말 그럴 수가 있다고 보는 거야?

데스데모나	네?
오델로	*(편지를 읽는다.)* '이 일은 귀하가 잘 판단해서 반드시 시행하기를 바란다.'
로도비코	장군님은 부르신 게 아니라 편지를 읽는데 몰두해 있어요. 장군님과 캐시오 사이가 나쁜가요?
데스데모나	참으로 불행한 일이에요. 두 분 사이를 예전처럼 만들기 위해서라면 저는 뭐든지 하겠어요. 저는 캐시오를 아끼니까요.
오델로	에잇, 빌어먹을!
데스데모나	네?
오델로	당신은 제 정신이야?
데스데모나	저분이 왜 그러실까? 화가 나셨나?
로도비코	편지 때문에 기분이 상한 모양이군요. 아마도 저건 캐시오를 후임으로 임명하고 장군님은 베니스로 돌아오라는 편지 같거든요.
데스데모나	어머나, 난 기뻐요.
오델로	정말 그럴 테지!
데스데모나	무엇 말이에요?
오델로	당신이 미친 걸 보니 나도 기쁘다고.
데스데모나	아니, 오델로, 그게 무슨 소리에요?
오델로	*(데스데모나를 때리며)* 넌 악마야!
데스데모나	제가 뭘 잘못했다는 거예요?
로도비코	장군님, 이건 내가 눈으로 직접 봤다고 단언해도 베니스에서는 아무도 곧이듣지 않을 게요. 너무 하시는군요. 부인을 위로해 드리세요. 울고 있잖아요.
오델로	아, 악마야, 악마! 이 대지가 계집의 눈물로 임신한다면, 네년이 흘리는 빈 눈물방울마다 악마가 태어나게 할 게야. 내 앞에서 썩 꺼

져버려!

데스데모나	그렇게 화가 나신다면 전 가겠어요. *(가려고 한다.)*
로도비코	얼마나 온순한 부인인가! 장군님, 제발 다시 부르세요.
오델로	이거 봐!
데스데모나	네?
오델로	당신은 이 여자와 할 말이 있는 거요?
로도비코	누가요? 나 말인가요?
오델로	아니, 당신이 불러 달라고 했잖아요. 이 여자는 몇 번이고 돌아오지요. 아, 몇 번이고 돌아눕지요. 그리고 울 수도 있고요. 아주 잘 울어요. 게다가 온순하고요. 당신 말대로 온순하고요. 암, 대단히 온순하지요. 자, 더 울어 봐. 이 편지는 말이야. 홍, 우는 척도 잘하는군! 나더러 귀국하라는 명령이야. 당신은 들어가요. 이따가 부를 테니까. 나는 명령에 복종해서 베니스로 돌아갈 거요. 썩 들어가라고. *(데스데모나가 퇴장한다.)* 캐시오를 후임으로 임명할 거요. 그리고 각하, 오늘 저녁 식사는 나하고 같이 합시다. 키프로스에 잘 오셨어요. 아, 음탕한 년! *(퇴장한다.)*
로도비코	저 사람이 원로원의원들 모두가 이구동성(異口同聲)으로 어느 구석 하나도 나무랄 데 없다고 하던 그 무어인 장군인가? 저 사람이 어떠한 감정에도 흔들리지 않는다는 사람인가? 지조가 견고하고, 어떠한 사건이나 재난에도 꺾이거나 무너지지 않는다는 사람인가?
이야고	저분은 대단히 변하셨지요.
로도비코	정신은 멀쩡한가? 머리가 돈 건 아닌가?
이야고	각하께서 보시는 바와 같아요. 앞으로 어떻게 되실지 저로서는 말씀드릴 수 없지요. 하지만 현재 아직 그렇지 않으시다면, 차라리 당장 그렇게 되어 버렸으면 좋겠어요.

로도비코	아니, 부인을 때리다니!
이야고	확실히 그건 좋지 않았지요. 그러나 그 정도로 그쳤으면 해요.
로도비코	평소에도 언제나 저런가? 아니면, 저 편지를 보고 화가 나서 그런 짓을 처음 한 건가?
이야고	아, 맙소사! 제가 보고 아는 걸 늘어놓기는 난처하군요. 각하께서 직접 관찰해 보시면 제가 말씀드리지 않아도 저분이 하는 짓을 자연히 알게 되실 거예요. 뒤따라 가서서 저분의 거동을 살펴보세요.
로도비코	유감스럽게 나는 저 사람을 잘못 봤어. *(두 사람이 퇴장한다.)*

4막 2장

키프로스. 성 안의 어느 방.

🌺오델로와 이밀리아가 등장한다.

오델로	그러면 넌 아무것도 보지 못했단 말이냐?
이밀리아	저는 보지도 못했을 뿐만 아니라 그런 말을 들은 적도 없고 미심쩍게 여긴 적도 없어요.
오델로	그렇지만 넌 캐시오가 내 아내와 같이 있는 건 봤지.
이밀리아	하지만 이상한 일은 없었어요. 그리고 그때 두 분이 말씀하시는 건 제가 한 마디도 놓치지 않고 모조리 들었어요.

오델로	그러나 둘이서 소곤대지 않던가?
이밀리아	아니에요. 그런 일은 절대로 없었어요.
오델로	너를 밖에 내보내지 않던가?
이밀리아	그런 일도 절대로 없었어요.
오델로	내 아내가 부채나 장갑이나 마스크나, 다른 뭔가를 가져오라는 구실로 말이야!
이밀리아	아네요. 절대로 그런 일은 없었어요.
오델로	그거 이상하군.
이밀리아	장군님, 부인께서 결백하시다는 건 제 영혼을 걸고라도 보증하겠어요. 장군님께서 그렇지 않다고 생각하고 계신다면 그런 의심은 버리세요. 그런 생각은 장군님 자신에 대한 모독이에요. 그런 의심을 장군님의 머릿속에 넣어 드린 놈이 있다면 그놈에게는 반드시 무서운 천벌이 내린다고요! 부인께서 결백하시지도 정숙하시지도 진실하시지도 않다면, 이 세상에 행복한 남자는 하나도 없는 셈이지요. 아무리 마음이 깨끗한 아내라도 모두 더러운 것이 되고 마니까요.
오델로	내 아내를 이리로 불러와. 빨리. *(이밀리아가 퇴장한다.)* 저것도 말은 제법 하는군. 그렇지만 뚜쟁이라면, 바보가 아닌 이상 그 정도는 말할 수 있어. 간사한 년 같으니. 불충실한 비밀 사건의 열쇠는 저년이 쥐고 있어. 그런 게 제법 무릎을 꿇고 기도를 드릴 테지. 그렇게 하는 걸 난 실제로 내 눈으로 봤어.

🌺 *데스데모나가 이밀리아를 거느리고 등장한다.*

데스데모나	부르셨어요?

데스데모나 : 도대체 무슨 말씀이세요? 무슨 내용인지는 하나도 모르겠어요.

오델로	잠깐 이리 와요.
데스데모나	무슨 일이신데요?
오델로	당신 눈을 좀 봅시다. 내 얼굴을 똑바로 쳐다보라고.
데스데모나	무슨 무서운 생각을 하고 계세요?
오델로	*(이밀리아에게)* 넌 평소에 하던 일을 해. 우리 둘만 남기고 문은 닫아라. 누군가 오면 기침을 하든가, 아니면 '에헴!' 이라고 하든가 적당히 해. 그게 네가 할 일이야. 네가 할 일이라고. 자, 빨리 가 봐. *(이밀리아가 퇴장한다.)*
데스데모나	도대체 무슨 말씀이세요? 당신이 화를 내고 계시는 건 말투로 알 겠지만, 무슨 내용인지는 하나도 모르겠어요.
오델로	이봐, 당신은 뭐야?
데스데모나	당신의 아내지요. 당신의 진실하고 충실한 아내라고요.
오델로	쳇, 어떠한 맹세를 하던 당신은 지옥에 떨어질 뿐이야. 얼굴만은 천 사 같으니까 지옥의 악마들도 두려워서 감히 손을 대지 못할 테지.

	그러니까 결백하다고 맹세하고, 죄를 하나 더 추가해 두는 게 낫지.
데스데모나	하느님께서 잘 알고 계세요.
오델로	하느님께서 잘 알고 계시고말고. 당신이 불의를 저지르고 있다는 걸 말이야.
데스데모나	네? 누구하고요? 상대가 누군데요? 제가 무슨 불의를 저질렀다는 거예요?
오델로	아, 데스데모나! 저리 가! 가라고! 가버리란 말이야!
데스데모나	아, 슬프다! 당신은 왜 우세요? 저 때문에 우시는 건가요? 이번에 당신이 소환된 것이 저의 아버지의 계략 탓이라고 의심하실지 모 르지만, 그렇다 해도 저를 나무라지는 마세요. 당신과 저의 아버 지 사이에 인연이 끊어졌다면 저도 당신과 함께 아버지와 인연을 끊은 거니까요.
오델로	어떠한 간난신고가 닥친다 해도, 또는 모든 고통과 모욕이 나의 맨머리 위에 비처럼 쏟아지고 빈곤 속에 처박혀 몸과 희망이 모 두 꼼짝달싹하지 못하게 된다 해도, 나는 마음 한 구석에서 한 방 울의 인내를 발견하여 꾹 참고 있을 수도 있었을 테야. 하지만, 아, 아침부터 밤까지 세상의 조소에 이 몸을 드러내고 가책을 받아야 되다니! 아니, 그래도 나는 참을 수 있어. 잘 참을 수 있어. 그러나 당신의 가슴, 바로 그 속에 나는 나의 마음을 간직해 두었어. 내가 사는 것도 죽는 것도 거기에 달려 있지. 나의 생명의 강물이 흐르 는 것도 마르는 것도 그 샘에 달려 있어. 그런데 내가 거기서 추방 당하다니! 이 샘을 더러운 두꺼비들이 교미 짓을 하여 새끼를 치 는 물웅덩이로 만들다니! 싱싱한 장미 빛 입술을 가진 인내의 천 사도 이렇게 되면 안색이 변하고, 그렇다, 처참한 지옥의 형상으 로 되어 버려라!

데스데모나	제 결백을 믿어주세요.
오델로	아, 그래, 당신의 결백이란 푸줏간에 날아드는 여름의 파리 떼야. 방금 새끼를 깠는가 하면 어느새 또 새끼를 배는 파리 떼 말이야. 아, 당신은 독초야. 눈도 코도 아프게 할 만큼 아름답고 향기가 짙은 독초라고. 당신 같은 건 태어나지 않았더라면 좋았을 게야!
데스데모나	아, 저는 자기도 모르는 어떤 죄를 범했다는 건가요?
오델로	이 흰 종이는, 이 아름다운 책은 그 위에 '창녀' 라고 쓰라고 만들어진 것인가? 어떤 죄를 범했느냐고 묻는 거야? 범했지! 에잇, 이 창녀야! 네년이 한 짓은 내가 말만 해도 나의 뺨이 용광로의 불처럼 달아서 수치심도 타버리고 재가 될 게야. 어떤 죄를 범했느냐 묻다니! 하늘도 코를 틀어막아! 달도 눈을 감지! 만나는 사람마다 키스하고 다니는 음란한 바람도 지하의 굴속에서 숨을 죽이고 들어 보려고 하지 않을 거야. 어떤 죄를 범했느냐고 묻다니! 이 뻔뻔스러운 창녀야!

데스데모나	당신은 정말 너무 하세요.
오델로	넌 창녀가 아니란 말이냐?
데스데모나	그럼요. 저도 그리스도교 신자예요. 당신을 위해 이 몸을 소중히 간직하고, 더러운 불의는 얼씬도 못하게 지켜왔는데, 저를 창녀라니요? 전 결코 그런 여자는 아니에요.
오델로	뭐라고? 창녀가 아니라고?
데스데모나	아네요. 절대로 아니라고요.
오델로	확실해?
데스데모나	아, 난 어떡하면 좋단 말인가!
오델로	그러면 내가 대단히 미안하게 됐군. 나는 당신을 오델로와 결혼한 베니스의 그 교활한 창녀라고만 생각했지. *(목소리를 높여서)* 이봐, 성 베드로의 반대편에서 지옥문을 지키는 여자는 들어와 봐!

🌺 *이밀리아가 등장한다.*

오델로	너로군. 너야. 그래, 너지! 우리의 볼일은 끝났어. 자, 네 수고를 보상해주지. 오늘 이야기는 열쇠로 잠근 채 비밀로 해라. *(퇴장한다.)*
이밀리아	아, 저분은 무슨 생각을 하시는 걸까? 어떻게 된 건가요? 아, 어떻게 된 거예요?
데스데모나	선잠이 든 것만 같아.
이밀리아	주인님은 어떻게 된 거예요?
데스데모나	누구 말인데?
이밀리아	아니, 주인님 말이에요.
데스데모나	주인님이라니? 그게 누군데?
이밀리아	당신의 주인님 말이에요.

데스데모나　나에게 주인님이란 없어. 이밀리아, 나에게 아무 말도 하지 마. 나
　　　　　는 울려고 해도 눈물이 안 나오지만, 대답을 하면 눈물이 쏟아져
　　　　　나올 것만 같아. 오늘 밤에는 내 침대에 신혼 때 쓰던 홑이불을 깔
　　　　　아 줘. 잊지 말고 말이야. 그리고 네 남편을 이리로 불러다 줘.

이밀리아　　사태가 이렇게 변해 버리다니! (*퇴장한다.*)

데스데모나　나 같은 게 이렇게 되는 건 당연하지. 정말 당연해. 그렇지만 내가
　　　　　뭘 했다는 거야? 저분이 왜 공연히 나의 사소한 잘못을 트집 삼아
　　　　　이토록 세밀하게 꾸짖는지 난 모르겠어.

　　🌸 이밀리아가 이야고를 데리고 등장한다.

이야고　　　부인, 무슨 일이지요? 무슨 일이라도 있었나요?

데스데모나　난 뭐라고 말해야 좋을지 모르겠어요. 어린 아이를 가르칠 때는
　　　　　조용히 쉬운 것부터 가르치는 법인데 저분도 나를 그렇게 꾸중했는
　　　　　지도 몰라요. 그러니까 나도 어린애처럼 꾸중을 듣고 있어야지요.

이야고　　　도대체 무슨 일인가요?

이밀리아　　여보, 장군님이 부인을 창녀로 취급하시고 차마 입에 담지 못할

말씀을 하셨어요. 성실한 사람으로서는 도저히 참을 수 없을 만큼 말이에요.

데스데모나　이야고, 나는 그런 여자인가요?

이야고　그런 여자라니요? 무슨 말이지요?

데스데모나　저분이 나를 그렇게 말했다고 지금 당신 아내가 얘기했잖아요.

이밀리아　장군님은 부인을 창녀라고 하셨어요. 술이 취한 거지도 자기 애인을 부를 때 그렇게는 말하지 않을 거야.

이야고　장군님은 왜 그러셨지요?

데스데모나　나도 모르겠어요. 나는 정말 그런 여자가 아녜요.

이야고　울지 마세요. 울지 마시라고요. 아, 이게 무슨 일인가!

이밀리아　부인께서는 그토록 좋은 수많은 혼처도, 아버지도, 태어난 고국도, 친구들도 모두 버리셨는데 창녀라는 말을 듣다니! 어느 누군들 울지 않겠어요?

데스데모나　이건 내 비참한 팔자 소관이야.

이야고　장군님이 그럴 수가 있다니요! 어떻게 그런 생각을 하시게 되었을까요?

데스데모나　그야 아무도 모르는 일이에요.

이밀리아	이건 틀림없이 어떤 심술궂은 악한이, 비위를 맞추는 아첨꾼, 사기꾼, 거짓말쟁이, 노예 놈이 한 자리를 얻으려고 이따위 중상모략(中傷謀略)을 한 거예요. 제 말이 틀린다면 목숨을 바치겠어요.
이야고	쳇, 그런 놈이 어디 있겠어? 있을 리가 없어.
데스데모나	그런 사람이 있다 해도 하느님께서는 그를 용서해 주십시오!
이밀리아	용서라니요! 그런 놈은 목을 매달아야 되요! 악마가 뼈다귀까지 질겅질겅 씹도록 해야 되요! 장군님은 부인을 왜 창녀라고 부르는 거야? 상대는 누구라는 거야? 어디서? 어떻게? 무엇이 증거란 말이야? 무어인은 어떤 엉뚱한 나쁜 놈에게, 비겁하고 야비한 불한당에게, 어떤 몹쓸 놈에게 속으신 거야. 아, 하느님, 그런 놈들을 폭로해 주세요. 그리고 정직한 사람들 각자에게 채찍을 준 다음, 그놈들을 발가벗긴 채 세상의 동쪽 끝에서 서쪽 끝까지 끌고 다니며 채찍질을 하게 해주세요!
이야고	이밀리아, 문밖에서 들리지 않게 말해.
이밀리아	아, 빌어먹을 놈들! 당신의 분별력을 뒤집어 놓고 당신이 나와 무어인 사이를 의심하게 만든 것도 그런 놈들일 거예요.
이야고	바보 같으니. 무슨 소리를 하는 거야?
데스데모나	아, 이야고, 내가 어떻게 해야 그분의 기분이 다시 좋아질까요? 가서 얘기해 보세요. 나는 어떻게 해서 그분의 노여움을 샀는지 도무지 모르겠어요. 무릎을 꿇고 맹세하지만 나는 마음속으로나 실제 행동으로나 그분의 사랑을 배반한 일이 절대로 없어요. 나의 눈이나 귀나 다른 어떤 감각도 그분 외에 다른 사람에게 쏠린 적이 단 한 번도 없어요. 지금도, 지금까지도, 지금부터 앞으로도 언제나 난 그분을 마음속으로 사랑해요! 내가 비참하게 버림을 받는다 해도 말이에요. 내 말이 거짓말이라면 나는 어떠한 봉변을 당

해도 좋아요. 냉대는 참을 수 없어요. 그이가 냉정하시니까 나는 살맛이 없어요. 그래도 나의 애정만은 변하지 않아요. '창녀'라니, 나는 그런 말을 입에 담기도 싫어요. 그런 이름으로 불릴 짓은 세상에 있는 보물을 다 받는다 해도 나는 할 수 없어요.

이야고   제발 진정하세요. 장군님은 일시적인 기분으로 하신 말씀일 거예요. 정치 관계의 문제가 잘 풀리지 않아서 부인에게 화풀이를 하신 거겠지요.

데스데모나   그런 것뿐이라면 좋겠어요.

이야고   그것뿐이에요, 틀림없어요. *(안에서 나팔 소리.)* 저녁식사를 알리는 나팔 소리가 나요! 베니스에서 온 사람들이 기다리고 있지요. 울지 마시고 빨리 안으로 들어가 보세요. 모든 일이 잘될 거예요. *(데스데모나와 이밀리아가 퇴장한다.)*

    로더리고가 등장한다.

이야고   이봐, 로더리고!

로더리고   너는 나를 함부로 대하고 있어.

이야고   뭐 잘못된 거라도 있나?

로더리고   이야고, 넌 나를 매일 요리조리 피하기만 해. 지금 와서 생각해 보니, 너는 조금이라도 나의 편리를 봐주기는커녕 모든 편리를 나에게 감추고 있는 거야. 난 더 이상 참을 수 없어. 이젠 누가 뭐라 해도 지금까지 바보 취급당한 걸 가만있진 않겠어.

이야고   로더리고, 내 말을 좀 들어 봐.

로더리고   듣는 건 질리도록 들었어. 넌 언행이 전혀 일치하지 않거든.

이야고   네 비난은 정말 부당해.

로더리고	절대로 부당하지 않아. 나는 돈을 모조리 써버렸어. 데스데모나에게 준다면서 네가 가져간 내 보석으로 말하자면 수녀라도 함락시킬 만한 물건이야. 그걸 그녀가 받았다고 너는 말했지. 그녀가 대단히 기뻐하면서 나하고 곧 친밀해지고 싶다는 대답을 했다고 너는 말했지. 그런데 진전이 전혀 없잖아.
이야고	좋아. 흥, 대단히 좋아.
로더리고	대단히 좋다니! 흥이라니! 뭐가 흥이야? 뭐가 대단히 좋단 말이야? 아니, 넌 비겁하잖아? 나도 그렇게 바보 취급을 당하고만 있진 않을 테야.
이야고	대단히 좋아.
로더리고	뭐가 대단히 좋다는 거야? 나는 데스데모나에게 직접 부딪쳐 볼 테야. 그녀가 만일 내 보석을 돌려준다면 나도 단념하고 무리한 유혹을 뉘우치겠어. 그러나 돌려주지 않는다면 나는 기어이 너한테 손해배상을 청구할 테야.
이야고	넌 지금 그렇게 말했어.
로더리고	그래, 말했어. 말한 이상 나는 반드시 실행할거야.
이야고	음, 이제 보니 너는 상당히 용기가 있는 사람이군 그래. 지금 이 시각부터 난 너를 이전보다 더 우러러보겠어. 로더리고, 악수하자. 네가 화를 내는 것도 무리는 아니야. 그렇지만 똑똑히 말해 두겠는데, 이 일에 있어서 나는 공명정대했다 이거야.
로더리고	지금까지는 그렇게 보이지 않았지.
이야고	그야 아직 그렇게 보이지는 않았을 거야. 그건 나도 인정해. 그리고 네가 의심을 품는 건 당연하고 정당하지. 그렇지만 로더리고, 난 오늘 그걸 알고는 네가 지니고 있는 결심과 용기를 더욱 확실히 믿게 되었어. 그게 만약 진짜라면 그걸 오늘 밤 실증해 보여 달

란 말이야. 그 결과, 내일 밤 네가 데스데모나와 재미를 못 본다면 나를 깨끗이 이 세상에서 하직시켜 줘. 네가 어떤 수단을 쓰던 상관없으니까 말이야.

로더리고   그래 그건 뭐야? 이치에도 닿고 또한 할 수 있는 일이겠지?

이야고   베니스에서 온 특별명령으로 오델로 자리에 캐시오가 앉게 되었어.

로더리고   그게 정말인가? 아니, 그러면 오델로와 데스데모나는 베니스로 다시 돌아가겠군.

이야고   아니, 그렇지가 않아. 오델로는 아름다운 데스데모나를 동반하여 모리테이니어Mauritania로 간다지. 하지만 뭔가 사건이 일어나서 여기서 더 지체할 필요가 생긴다면 별문제야. 그러니까 캐시오를 치워 버리는 게 상책이다 이거지.

로더리고   캐시오를 치워 버린다니, 그게 무슨 말이야?

이야고   그놈이 오델로의 자리를 인수할 수 없게 만드는 거야. 그놈의 골통을 박살내서 말이야.

로더리고   그걸 나더러 하라는 거야?

이야고   그래. 네가 자기의 이익과 권리를 위해 실행하겠다는 용기가 있다면 말이야. 캐시오는 오늘 밤 창녀의 집에서 저녁을 먹을 거야. 나도 거기 갈 테야. 그는 자기가 영전한 사실을 아직 모르고 있지. 그놈이 창녀의 집을 떠나는 시간을 내가 열두 시와 한 시 사이로 마련할 테니, 너는 그놈이 돌아가는 걸 지켜보고 있다가 마음대로 요리하란 말이야. 내가 옆에서 너를 거들어 주겠어. 그놈은 독 안에 든 쥐처럼 되는 거야. 자, 그렇게 멍하니 서 있지만 말고 나하고 같이 가자. 그놈을 죽이지 않으면 안 되는 이유를 내가 자세히 말해줄 테니까. 너도 들어 보면 그럴 수밖에 없다고 생각하게 될 거야. 벌써 저녁 식사 시간이로군. 망설이고 있다가는 날이 새버려. 자, 빨리 시작하자.

로더리고   이유를 좀 더 말해봐.

이야고   암, 네가 충분히 납득하도록 말해주지. *(두 사람이 퇴장한다.)*

키프로스. 성 안의 다른 방.

🌸 오델로, 로도비코, 데스데모나, 이밀리아, 시종들이 등장한다.

로도비코   제발 이제는 그만 들어가 보세요.

오델로   아, 미안해요. 나는 좀 더 걷는 게 좋겠어요.

로도비코   부인, 그럼 안녕히 주무세요. 너무 잘 대접받았어요.

데스데모나   와주셔서 정말 고마워요.

오델로   각하, 먼저 가실까요? 참, 데스데모나!

데스데모나   네?

오델로   당신은 곧장 가서 자요. 나도 곧 돌아올 테니까. 시녀는 돌려보내요. 알았지?

데스데모나   네, 알았어요. *(오델로, 로도비코, 시종들이 퇴장한다.)*

이밀리아   그분이 뭐라고 하세요? 아까보다는 누그러지신 것 같던데요.

데스데모나	자기는 곧 돌아오겠다고, 나더러 잠자리에 들어가 있으라고 하셨어. 그리고 시녀를 돌려보내라고도 하셨지.
이밀리아	저를 돌려보내라니요!
데스데모나	그러셨어. 그러니까 이밀리아, 내 잠옷을 가져와. 그리고 가서 자라고. 지금 그분의 비위를 거스르면 안 되니까.
이밀리아	부인께서는 그분을 만나지 않았더라면 좋았을 거라고요!
데스데모나	난 그렇게 생각하지 않아. 나는 진심으로 그분이 좋은 걸. 그러니까 그분이 아무리 쌀쌀하게 대하셔도, 꾸중을 하셔도, 기분 나쁜 얼굴을 하셔도 나는 좋아. 사랑하거든. 자, 이 핀을 빼줘.
이밀리아	말씀하신 홑이불은 침대에 깔아 놓았어요.
데스데모나	아무래도 좋아. 참, 사람이란 왜 이토록 어리석은가! 내가 이밀리아보다 먼저 죽는다면, 부탁이니 그 홑이불로 나를 싸줘.
이밀리아	어머나, 그게 무슨 말씀이세요?
데스데모나	우리 어머니에게는 바바라Barbara라는 하녀가 있었어. 그 애가 사랑을 했지. 그런데 상대방 남자가 미쳐서 그 애를 버렸어. 그 애는 늘 '버드나무'라고 하는 노래를 부르고는 했지. 그건 오래된 노래지만 그 애의 운명을 말해주는 것 같은 노래였어. 그 애는 그 노래를 부르면서 죽었지. 난 오늘 밤에 그 노래가 생각나. 나도 고개를 한쪽으로 기울인 채 가련한 바바라처럼 노래하고 싶은 생각이 간절해. 자, 어서 가봐.
이밀리아	잠옷을 가져올까요?
데스데모나	아니야. 여기 핀이나 빼 줘. 로도비코는 훌륭한 분이야.
이밀리아	참 잘생긴 분이지요.
데스데모나	말솜씨도 좋지.
이밀리아	그분의 아래 입술에 키스하기 위해서라면 팔레스타인 Palestine

까지 맨발로 걸어가도 좋다고 말한 여자도 베니스에 있어요.

데스데모나　*(노래를 부른다.)*

　가련한 아가씨가 무화과나무 그늘 아래 한숨짓는군.

　한없이 푸르른 버드나무의 노래를 불러라.

　그녀는 가슴에 손을 얹고 무릎에 이마를 대고 있지.

　버드나무, 버드나무, 버드나무의 노래를 불러라.

　맑은 시냇물은 그녀의 곁을 흐르며

　그녀와 함께 구슬프게 신음하지.

　버드나무, 버드나무, 버드나무의 노래를 불러라.

　그녀의 눈에서 떨어지는 눈물에 바위들도 한숨을 내쉬지.

이것들을 저리로 치워 줘.

(노래를 다시 계속한다.)

　버드나무, 버드나무, 버드나무의 노래를 불러라.

빨리 서둘러라. 그분이 곧 오실 테니까.

(또 다시 노래가 이어진다.)

　한없이 푸르른 버드나무의 노래를 불러라.

　버드나무 가지로 나의 화관을 만들어야만 하겠어.

　아무도 그분을 원망하지 마라.

　그분이 냉정한 건 내가 못난 탓이야.

이건 틀렸어. 다음 구절은 말이야. 그런데 들어봐! 문을 두드리는 건 누굴까?

이밀리아　　바람소리예요.

데스데모나　*(다시 노래한다.)*

　나는 그분의 사랑이 거짓 사랑이라고 나무랐지.

　그러자 그분은 뭐라고 말했던가?

버드나무, 버드나무, 버드나무의 노래를 불러라.

내가 다른 여자들을 사랑한다면,

너도 다른 남자들과 같이 잘 거라고 했지.

자, 너는 가서 자라. 난 눈이 가려워. 내가 울려고 한다는 건가?

이밀리아   그런 게 아니에요.

데스데모나   그렇다던데? 아, 남자들이란! 남자들이란! 세상에는 자기 남편에게 지독하게 욕을 보이는 여자들이 있다지. 이밀리아, 정말일까?

이밀리아   물론 그런 여자들도 더러는 있지요.

데스데모나   온 세상을 다 얻는다면 넌 그런 짓을 하겠느냐?

이밀리아   아니, 부인께서는 하지 않으실 건가요?

데스데모나   천만에! 달에 걸고 맹세하지만 난 절대로 안 해!

이밀리아   저도 달님 앞에서는 안 할 거예요. 하지만 캄캄한 밤에는 할 수 있겠지요.

데스데모나   온 세상을 얻는다면 넌 그런 짓을 하겠다는 거냐?

이밀리아   온 세상이라면 굉장한 거지요. 사소한 나쁜 짓을 해서 그렇게 많이 받는다면야 괜찮지 뭐예요.

데스데모나   아니야. 넌 절대로 그런 짓을 하지 않을 거야.

이밀리아   아니에요. 전 틀림없이 할 수 있을 것 같아요. 그 대신에 일단 하고 나면 흔적이 전혀 없이 하지요. 그렇지만 일이 일인 만큼, 반지나, 옷감 몇 자나, 겉옷이나, 속옷이나, 모자나 용돈 따위를 받고는 하지 않겠어요. 그러나 온 세상을 받는다면 말이에요. 자기 남편을 왕으로 만든다면야 어느 여자가 다른 남자하고 놀아나지 않겠어요? 온 세상을 얻기 위해서라면 저는 연옥에 떨어지는 한이 있어도 하지요.

데스데모나   온 세상을 얻는다 해도 난 그런 나쁜 짓은 못해.

이밀리아	아니, 나쁜 짓이라고 해야 이 세상에서 한 일에 불과해요. 그러니 애를 쓴 보람으로 온 세상이 손에 들어온다면 그런 나쁜 짓이야 자기 세상 안에서 한 일이에요. 그러니까 빨리 좋게 수습할 수도 있어요.
데스데모나	그런 여자는 없을 거야.
이밀리아	있어요. 열두 명도 있다고요. 어디 그것뿐인 가요? 나쁜 짓을 해서 얻은 세상을 나쁜 짓을 해서 만든 자식들로 가득 채울 만큼 그렇게 많은 여자들이 있어요. 그렇지만 아내가 나쁜 짓을 하는 건 남편이 나빠서 그런 것 같아요. 남편 구실을 게을리 하고 아내의 주머니를 털어서 돈을 다른 년에게 주고, 갑자기 터무니없이 질투하기 시작하여 아내를 가두어 놓고 때리고 심술궂게 용돈을 줄이고 하니까 여자가 그러는 거예요. 여자도 화가 나지 뭐예요? 아무리 여자의 체면이 있다 해도 복수를 해주고 싶어진다고요. 여자도 감

각은 남자와 마찬가지라는 걸 남편들에게 가르쳐 주어야 해요. 눈이나 코도, 그리고 단맛과 신맛을 아는 것도 조금도 다르지 않다는 걸 말이에요. 남편들이 아내 대신에 다른 여자와 놀아나는 건 도대체 무엇 때문일까요? 기분 전환인가요? 그럴 테지요. 욕정 때문에 그럴까요? 그럴 테지요. 실수를 해서 그런 짓을 할까요? 그것도 그럴 테지요. 그런데 여자는 남자와 달리 욕정도 없고 기분 전환을 하고 싶지도 않으며 실수도 하지 않는단 말인가요? 그러니까 남편들은 아내들을 잘 대우해 주어야만 해요. 그렇지 않으면 아내들의 나쁜 짓은 모두 남편들이 가르쳐 준 거라고 말해 주어야지요.

데스데모나 빨리 가서 자라. 잘 자. (*이밀리아가 퇴장한다.*) 하느님, 부디 나쁜 짓을 보아도 그걸 배우지 말게 하시고, 나쁜 짓을 거울삼아 나 자신을 개선하게 해주십시오. (*모두 퇴장한다.*)

5막 1장

🍀 이야고와 로더리고가 등장한다.

이야고	넌 여기 이 차양 그늘에 서 있어. 그놈이 곧 올 테니까. 칼은 빼들고 있어. 푹 찔러야 해. 빨리 찔러, 빨리. 겁낼 건 없어. 내가 네 옆

이야고로 분장한 19세기 배우
부스 Edwin Booth

에 바싹 붙어 있을 테야. 우리 일이 되느냐 안 되느냐 하는 건 여기 달렸어. 알겠지? 각오를 단단히 해.

로더리고   내 곁에 있어 줘. 내가 실패할지도 모르거든.

이야고   난 바로 곁에 있겠어. 대담하게 잘해 봐. *(그늘에 숨는다.)*

로더리고   난 이 일에 별로 마음이 내키지 않아. 하지만 이야고의 말을 듣고 나니 그만한 이유가 있어. 이건 뭐 사람이 하나 없어지는 것뿐이야. 자, 나는 칼을 뺀다. 이걸로 그놈도 끝장이야.

이야고   *(방백)* 내가 저 풋내기 여드름쟁이 녀석을 아플 만큼 비벼놓았더니, 저놈이 열이 올랐군 그래. 자, 저놈이 캐시오를 죽이든지, 캐시오가 저놈을 죽이든지, 두 놈이 서로 죽이든지, 어쨌든 덕을 보는 건 나야. 하지만 로더리고가 살아남는다면 내가 데스데모나에게 전달한다면서 사취한 막대한 금과 보석을 저놈이 돌려달라고 하겠지. 그건 안 될 말이야. 반면에 캐시오가 살아남게 된다면 그놈이 날마다 하는 일이 훌륭해서 내 꼴이 말이 아닐 테지. 게다가 무어인이 그놈에게 나에 관해 사실대로 말할 테지. 이건 대단히 위험해. 아니, 아무리 생각해도 캐시오는 죽어야만 해. 이제 오는 모양이군.

🍀 *캐시오가 등장한다.*

로더리고   난 그놈의 걸음걸이를 알아. 그놈이야. 에잇. 각오해라! *(캐시오를 찌른다.)*

캐시오   하마터면 큰일 날 뻔했지만, 내 옷은 네놈의 옷보다는 더 낫지. 어디 네놈의 옷은 어떤가 보자. *(자기 칼을 빼서 로더리고를 찌른다.)*

로더리고   아이쿠, 나는 다쳤어! *(이야고가 뒤에서 캐시오의 다리를 찌르고 퇴장한다.)*

캐시오	나는 몹시 다쳤어. 사람 살려! 어이! 살인이다! 살인이야! *(쓰러진다.)*

오델로가 등장한다.

오델로	저건 캐시오의 목소리야. 이야고가 약속을 지켰군.
로더리고	아, 나는 악당이었어!
오델로	확실히 그렇지.
캐시오	아, 사람 살려! 어이! 불을 비추어 줘! 의사는 없느냐?
오델로	그놈이야. 과연 이야고는 성실하고 정직해. 이처럼 친구의 모욕을 생각해 주다니! 이야고에게 나도 배웠어. 창녀야, 네 애인은 이렇게 죽었어. 네 년의 더럽혀진 운명도 끝장이 얼마 남지 않았어. 창녀야, 내가 곧 갈 테니까 기다려. 네 년의 매력도 아름다운 눈도 내 가슴속에서 지워져 버렸어. 음탕한 때가 긴 네 침대를 네 음탕한 피로 물들여줄 테야. *(퇴장한다.)*

로도비코와 그래샤노가 등장한다.

캐시오	이봐! 어이! 야간보초들은 어디 있느냐? 지나가는 사람도 없느냐? 살인이다! 살인이야!
그래샤노	뭔가 사고가 난 모양이로군. 대단히 무서운 비명소리야.
캐시오	아, 사람 살려!
로도비코	저 소리를 들어보라고요!
로더리고	아, 난 참으로 나쁜 놈이야!
로도비코	두 세 명이 신음하고 있군. 비참한 밤이로군요. 뭔가 계략이 있는

모양이오. 우리가 단 둘이 저 소리 나는 곳으로 가까이 가는 건 위험해요. *(두 사람이 비켜선다.)*

로더리고　아무도 오지 않는 거야? 난 이제 틀렸어. 이렇게 출혈이 심하니 말이야.

로도비코　저 소리를 들어보라고요!

🌺 *이야고가 횃불을 들고 다시 등장한다.*

그래샤노　셔츠 바람으로 이리 오는 사람이 있어요. 횃불과 칼을 들고 말이오.

이야고　누구냐? 살인이라고 소리 지르는 놈은 누구냐?

로도비코　우리도 모르겠소.

이야고　누군가 내지르는 소리를 못 들었나요?

캐시오　여기야, 여기! 제발 좀 살려 줘!

이야고　어떻게 된 일인가요?

그래샤노　저건 오델로 장군의 기수지. 분명해요.

로도비코　정말 그래요. 용감한 사람이지요.

이야고　도대체 누가 이렇게 야단스럽게 소리를 질러대는 거야?

캐시오　이야고인가? 아, 내가 다쳤어! 악당들한테 당했어! 어떻게든 좀 도와줘.

이야고　아니, 이런! 부관님이시군요! 악당들이라니, 어떤 악당들이 이런 짓을 했지요?

캐시오　그 중에 한 놈은 미처 달아나지 못하고 이 근처에 있을 거야.

이야고　아, 괘씸한 놈들! 거기 누구요? *(로도비코와 그래샤노에게)* 이리 와서 거들어 줘요.

로더리고　아, 사람 살려! 여기요!

이야고로 분장한 19세기 프랑스 배우
샤를 펙터 Charles Fechter

캐시오	저놈이 그 악당들 가운데 하나야.
이야고	에잇, 이 살인마! 이 죽일 놈! *(로더리고를 찌른다.)*
로더리고	야, 이야고 이놈! 개 같은 놈!
이야고	어둠 속에서 살인을 하다니! 잔인한 도둑놈들은 어디로 도망쳤어? 왜 이렇게 시내가 조용하단 말인가! 어이! 살인이다! 살인이야! 당신들은 누구요? 어느 편이오?
로도비코	잘 보라고. 알 수 있을 테니까.
이야고	로도비코 각하신가요?
로도비코	그래.

이야고	이거 실례했군요. 여기 이렇게 캐시오가 악당들에게 다쳤어요.
그래샤노	캐시오라니!
이야고	어떻게 된 건가요?
캐시오	내 다리가 둘로 잘렸어.
이야고	이거 야단났군! 자, 이 횃불을 부탁해요. 내 셔츠로 상처를 매어 주겠어요.

🌺 *비앙카가 등장한다.*

비앙카	아니, 무슨 일이에요? 소리치는 사람은 누구예요?
이야고	소리치는 사람은 누구냐고 묻다니!
비앙카	아, 나의 캐시오! 소중한 캐시오! 아, 캐시오, 캐시오, 캐시오!
이야고	아, 이건 이름난 창녀로군! 캐시오, 어느 놈들이 이렇게 당신을 난도질을 해놓았는지 모르시나요?
캐시오	몰라.
그래샤노	나는 당신이 이런 봉변을 당하리라고는 생각도 안 했지요. 당신을 찾아다니던 중이었다고요.
이야고	양말대님을 좀 빌려줘요. 됐어요. 아, 그리고, 아, 의자 같은 게 있으면 좋겠군요. 조용히 운반해야겠으니까요!
비앙카	아, 이분이 기절해요! 아, 캐시오, 캐시오, 캐시오!
이야고	여러분, 내가 보기에는 아무래도 이 여자가 수상한 가담자인 거 같아요. 캐시오, 잠깐만 참으세요. 자, 잠깐 불을 이리 줘요. 이놈의 얼굴을 확인해 보아야겠으니까. 아니, 이건 내 친구, 같은 고향 사람인 로더리고가 아닌가? 아니겠지. 확실히 그렇군. 맙소사! 로더리고야.

그래샤노	뭐? 베니스의 로더리고란 말이냐?
이야고	바로 그놈이에요. 당신도 아시나요?
그래샤노	암, 알고 있지!
이야고	그래샤노 각하이신가요? 이거 실례했군요. 이런 잔인한 소동 틈에 제가 전혀 몰라 뵈었어요. 용서하세요.
그래샤노	아, 만나서 반갑군요.
이야고	캐시오, 어떠세요? 아, 의자를 가져와요, 의자를!
그래샤노	로더리고라니!
이야고	그래요. 바로 그놈이지요. *(의지가 들려온다.)* 아, 됐어. 의자를 가져왔군! 누군가 힘이 센 사람이 이분을 가만히 메고 가라. 나는 장군님의 외과 의사를 불러와야겠어. *(비앙카에게)* 이봐, 넌 손도 대지 마. 소용없는 짓이니까. 캐시오, 여기 쓰러져 있는 이 사람은 내 친구였지요. 이놈이 부관님에게 뭔가 원한이 있었나요?
캐시오	그럴 일은 전혀 없었어. 도대체 난 그놈을 알지도 못해.
이야고	*(비앙카에게)* 아니, 넌 안색이 창백하게 변했잖아? 자, 이분을 빨리 안으로 메고 가시오. *(캐시오와 로더리고가 운반되어 나간다.)* 여러분, 잠깐 기다려 주세요. 이봐, 넌 안색이 창백하게 변했잖아? 여러분, 이걸 보세요. 이년의 눈빛이 무섭지요? 그렇게 쏘아 봐도 소용없어. 곧 실토하지 않고는 못 배길 걸. 이년을 잘 보세요. 자세히 보세요. 여러분, 아시겠지요? 그렇게 말없이 있어도 나쁜 짓은 저절로 탄로나게 마련이야.

🦋 이밀리아가 등장한다.

이밀리아	아니, 이게 웬일이에요? 여보, 어떻게 된 거에요?

이야고	캐시오 부관님이 여기 어둠 속에서 로더리고 일당에게 당했어. 다른 놈들은 다 도망쳤지. 그분은 중상을 입고 로더리고는 죽었어.
이밀리아	어머나, 그분이 당하시다니! 아, 가련한 캐시오 부관님이 당하시다니!
이야고	이건 오입질 탓이야. 이봐, 이밀리아, 캐시오 부관님에게 가서 오늘 저녁식사를 어디서 하셨는지 물어봐요. *(비앙카에게)* 뭐야? 지금 내가 한 말에 넌 왜 떠는 거야?
비앙카	그분은 우리 집에서 저녁식사를 하셨어요. 그렇지만 난 그 일 때문에 떠는 건 아니에요.
이야고	아, 그분이 그러셨단 말이지? 자, 명령이야. 가자.
이밀리아	쳇! 더러운 창녀 같으니!
비앙카	나는 창녀가 아니에요. 난 그런 욕을 하는 당신만큼이나 떳떳한 여자니까 당치도 않은 소리는 마세요.
이밀리아	나만큼 이라고! 쳇! 말도 안 되는 소리!
이야고	여러분, 가련한 캐시오가 치료받는 걸 보러 갑시다. 비앙카, 너도 따라와! 더 물어 볼 게 있거든. 이밀리아, 당신은 성에 뛰어가서 장군님과 부인에게 이 사건을 보고해요. 여러분, 자, 앞장을 서주시겠어요? *(방백)* 오늘 밤은 내가 성공하느냐, 아니면, 완전히 파멸하느냐, 둘 중에 하나다. *(모두 퇴장한다.)*

키프로스. 성 안의 침실.

🍀 데스데모나가 침대에서 자고 있다. 등불이 타고 있다. 오델로
　가 등장한다.

오델로　이것 때문이야. 진실로 이것 때문이야. 순결한 별들아, 이제는 내
　　　　가 이것을 입 밖에 내지 않겠어! 다 이것 때문이야. 그래도 나는 아
　　　　내의 피는 흘리지 말자. 눈보다 더 희고 대리석처럼 매끄러운 그
　　　　녀의 피부에 상처를 내지도 말자. 하지만 그녀는 죽어야만 해. 그
　　　　렇지 않으면 더 많은 남자들을 속일 거야. 우선 이 불을 끄고, 그러
　　　　고 나서 목숨의 불도 꺼야지. 그러나 등불아, 나는 너를 한 번 꺼

도 나 자신이 뉘우치면 다시 켤 수도 있어. 그렇지만 절묘한 자연이 만든 아름다운 네 육체 속에 타고 있는 불은 한 번 꺼버리면 나는 다시 켤 수가 없지. 너의 불을 다시 켤 수 있는 프로메테우스 Prometheus의 불을 찾아 어디를 헤매야 좋을는지도 나는 모르지. *(촛불을 내려놓는다.)* 한 번 꺾이면 장미는 이제 영영 살아날 길이 없어. 시들어 버릴 수밖에 없는 거야. 꽃이 아직 가지에 붙어 있을 때 향기를 맡아보자. *(키스한다.)* 아, 향기 짙은 이 숨결에는 정의의 신마저도 여기서는 칼을 꺾지 않을 수 없겠어! 한 번 더, 한 번 더. 죽어서도 이대로 고스란히 머물러 있어라. 나는 너를 죽이고, 그러고 나서 사랑할 테야. 한 번만 더. 이게 마지막이야. 이토록 사랑스런 것이 그토록 나쁠 수도 있었을까? 나는 눈물을 참을 수가 없어. 그러나 잔인한 눈물이야. 아니, 신성한 눈물이야. 이것은 사랑하기 때문에 철퇴를 내리는 거라고. 이 여자가 잠을 깨는가 보군.

데스데모나	누구예요? 오델로?
오델로	음, 데스데모나.
데스데모나	아직 주무시지 않으세요?
오델로	데스데모나, 오늘 밤 기도는 다 바쳤나?
데스데모나	그럼요.
오델로	아직 하느님의 용서를 빌지 않은 죄가 남아있다면 지금 기도해.
데스데모나	아니, 여보, 그게 무슨 뜻인가요?
오델로	자, 기도해. 간단히 말이야. 나는 여기 거닐고 있을 테니까. 난 마음의 준비도 없는 자를 죽이고 싶지는 않아. 아니야. 절대로 그런 짓은 할 수 없지. 너의 영혼마저 죽이고 싶지는 않아.
데스데모나	죽인다니요?

오델로 : 하지만 그녀는 죽어야만 해. 그렇지 않으면 더 많은 남자들을 속일 거야.

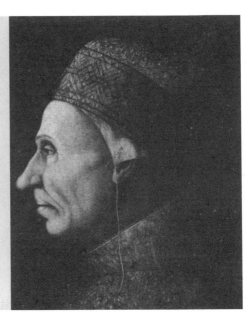

베니스 총독 니콜로 마르첼로
_ 젤틸레 펠리니 작

오델로	그래.
데스데모나	오, 하느님, 저에게 자비를 베풀어 주십시오!
오델로	아멘. 저도 진심으로 그렇게 빕니다!
데스데모나	그러시다면, 저를 죽인다고는 하지 마세요.
오델로	흥!
데스데모나	그래도 저는 여전히 당신이 무서워요. 당신이 그렇게 무서운 눈을 부라리실 때에는 예삿일이 아니거든요. 저는 왜 무서운지 모르겠어요. 나쁜 짓은 안 했는데도, 하지만 어쩐지 겁이 나요.
오델로	네가 저지른 죄들을 생각해봐.
데스데모나	저는 당신을 사랑한 것뿐이에요.
오델로	그래, 그러니까 너는 죽어야 하는 거야.
데스데모나	사랑하니까 죽어야 한다는 건 이치에 닿지 않아요. 아, 왜 그렇게

입술을 깨무세요? 당신은 뭔가 무서운 생각으로 몸을 떨고 계시는 군요. 그런 게 틀림없어요. 그렇지만 설마 저 때문에 그러시는 건 아니시겠지요?

오델로 　잠자코 가만히 있어!

데스데모나 　그럴게요. 하지만 무슨 일인가요?

오델로 　당신에게 준 그 손수건은 내가 그토록 소중히 여긴 물건인데, 넌 그걸 캐시오 놈에게 주었어.

데스데모나 　아녜요. 절대로 아니라고요! 그 사람을 불러다가 물어 보세요.

오델로 　잘 생각해 봐. 거짓 맹세를 하지 않도록 말이야. 넌 그 침대에서 죽어야 해.

데스데모나 　그래요. 하지만 죽는 건 아직 멀었지요.

오델로 　아니, 이제 곧 죽어. 그러니까 정직하게 죄를 고백하란 말이야. 맹세하면서 네 죄를 일일이 부인한다 해도, 내가 이렇게 신음하는 데에는 깊은 근거가 있으니까, 그걸 제거할 수도 없고 억누를 수도 없어. 넌 죽어야만 해.

데스데모나 　오, 하느님, 저에게 자비를 베풀어 주십시오!

오델로 　아멘. 저도 그렇게 빕니다.

데스데모나 　그렇다면 당신도 저에게 자비를 베풀어 주세요! 저는 평생에 단 한 번도 당신에게 나쁜 짓을 한 기억이 없어요. 캐시오를 결코 사랑하지도 않았어요. 다만 일반적인 생각으로 그분이 좋다고 여긴 것뿐이에요. 기념으로 물건을 준 일도 결코 없다고요.

오델로 　아니야. 난 그놈이 내 손수건을 가지고 있는 걸 봤어. 아, 넌 거짓 맹세를 하는 여자야! 내 마음을 돌같이 만들어! 나는 정의를 위하여 너를 제물로 바칠 작정인데 너는 나를 살인자로 만들겠다는 거라고! 나는 그 손수건을 봤어.

데스데모나	그렇다면 캐시오가 그걸 주웠겠지요. 전 그에게 절대로 준 일이 없어요. 그 사람을 이리 불러오세요. 그리고 사실대로 고백시켜 보세요.
오델로	그놈은 이미 고백했어.
데스데모나	네? 뭐라고요?
오델로	너에게 손을 댔다고 말이야.
데스데모나	어떻게요? 불의를 저질렀다고요?
오델로	그래.
데스데모나	그 사람이 그런 소리를 할 리가 없어요.
오델로	그건 그래. 이제 그 놈은 입을 열지 못하게 되어 있으니까. 충실한 이야고가 처치해 버렸거든.
데스데모나	어머나! 역시 그렇군요! 아니, 그 사람이 죽었어요?
오델로	그놈의 머리카락마다 제각기 목숨을 가졌다 해도 내 복수의 상대로는 부족해.
데스데모나	맙소사! 그 사람은 간계에 걸렸군요. 저도 이제 파멸이군요.
오델로	이 창녀야, 꺼져 없어져! 넌 내 눈앞에서 그놈을 위해 우는 거냐?
데스데모나	아, 저를 쫓아내세요. 하지만 죽이지는 말아요.
오델로	이 창녀야, 침대에서 내려와!
데스데모나	내일 죽이세요. 오늘 밤에는 살려 두세요!
오델로	아니, 네가 반항한다면 말이야.
데스데모나	반시간만 기다려 줘요!
오델로	이렇게 된 이상 지체할 수는 없어.
데스데모나	제가 한 마디 기도를 바칠 동안만 참으세요!
오델로	때는 이미 늦었어. *(아내의 목을 졸라 죽인다.)*
이밀리아	*(문밖에서)* 장군님, 장군님! 이거 보세요! 이거 보세요! 장군님, 장

군님!

오델로   저 소리는 뭐야? 아직 안 죽었나? 아주 죽어 버리지 않은 건가? 난 잔인한 짓을 해도 자비심은 가지고 있어. 너의 고통을 오래 끌게 하지는 않겠어. 이렇게, 그래, 이렇게 해주지.

이밀리아   *(문밖에서)* 이거 보세요! 이거 보세요! 장군님, 장군님!

오델로   누구냐?

이밀리아   *(문밖에서)* 아, 장군님, 잠깐 말씀드릴 게 있다고요!

오델로   음, 이밀리아로군. 곧 가겠어. 이 여자는 죽었군. 이밀리아는 캐시오가 죽었다는 소식을 알리러 온 모양이군. 그래서 소란을 피웠군. 흥! 이 여자는 더 이상 꿈틀거리지도 않나? 무덤처럼 고요하군. 이밀리아에게 들어오라고 할까? 그래도 괜찮을까? 이 여자가 또 다시 꿈틀거리는 것 같아. 아니로군. 어떡하면 제일 좋을까? 이밀리아는 안으로 들어서면 나의 아내에게 말을 걸겠지. 나의 아내라니! 나의 아내라니! 무슨 아내란 말이야? 나에게 아내란 없어. 아, 견딜 수가 없어! 아, 비참한 시간이야! 이제 거창한 일식과 월식이 일어나고 놀란 대지는 하늘의 그 이변에 아가리를 딱 벌릴 것만 같아!

이밀리아   *(문밖에서)* 아, 장군님, 드릴 말씀이 있으니 제발 제 말을 들어 보세요!

오델로   난 너를 깜박 잊어버리고 있었어. 자, 이밀리아, 들어와. 잠깐만 기다려, 곧 열어 줄 테니까. 침대에 커튼을 쳐야지. 이밀리아, 넌 어디 있느냐? *(문을 연다.)*

🌸 *이밀리아가 등장한다.*

오델로	이렇게 밤늦게 무슨 일이냐?
이밀리아	아, 장군님, 저기서 무서운 살인사건이 벌어졌다고요!
오델로	뭐, 지금?
이밀리아	지금 막 벌어졌지요.
오델로	그건 바로 달이 망령이 났기 때문이야. 달이 평소의 궤도보다 지구로 한층 더 가까워지면 사람들은 미치게 마련이거든.
이밀리아	장군님, 캐시오가 로더리고라고 하는 베니스의 청년을 죽였어요.
오델로	로더리고가 살해되었다니! 캐시오도 살해되었다니!
이밀리아	아니에요. 캐시오는 살해되지 않았어요.
오델로	캐시오는 살해되지 않았다니! 그렇다면 암살의 박자가 맞지 않고 틀렸어. 모처럼 노린 복수가 빗나간 거야.
데스데모나	아, 잘못 살해당했어! 잘못 살해당한 거야!
이밀리아	어머나! 저 비명소리는 뭐지요?
오델로	저 소리라니! 뭐가?
이밀리아	어머나! 맙소사! 저건 장군부인의 목소리였어요. *(침대의 커튼을 열어젖힌다.)* 사람 살려! 아, 사람 살려요! 누구라도 오세요! 아, 부인, 한 번만 더 말해 보세요! 데스데모나! 아, 부인, 말을 해보세요!
데스데모나	나는 억울하게 죽는 거야.
이밀리아	아, 누가 이런 짓을 했어요?
데스데모나	아무도 안 했어. 나 자신이 한 거야. 잘 있어. 장군님에게 내 안부를 전해줘. 아, 잘 있어! *(죽는다.)*
오델로	아니, 왜 이렇게 살해되었을까?
이밀리아	맙소사! 그걸 누가 알아요?
오델로	넌 내 아내가 자기를 죽인 게 내가 아니라 자기 자신이라는 하는 말을 들었어.

데스데모나의 죽음 _ H. 그레이블로트 작

이밀리아	그래요. 전 반드시 사실대로 보고해야만 해요.
오델로	저건 거짓말쟁이야. 지옥 불에 떨어졌어. 저 여자를 죽인 건 나야.
이밀리아	아, 그럼 부인은 참으로 천사예요. 거기 비하면 당신은 더욱 시커먼 악마예요!
오델로	저건 바보짓을 했어. 게다가 창녀였단 말이야.
이밀리아	부인을 그렇게 모욕하다니 당신은 악마라고요!
오델로	물처럼 부정한 여자였어.
이밀리아	부인이 부정한 여자라니! 그런 당신은 불처럼 분별이 없어요. 아, 부인은 천사같이 진실하셨어요!
오델로	캐시오하고 간통했어. 내 말을 믿지 못하겠다면 네 남편에게 물어

봐. 이처럼 엄청난 짓을 내가 정당한 이유도 없이 했다면 나는 그야말로 지옥의 밑바닥에 떨어져도 괜찮아. 네 남편이 모조리 알고 있단 말이야.

이밀리아　제 남편이라니요!

오델로　네 남편이 알고 있지.

이밀리아　부인이 불의를 저질렀다는 걸 말인가요?

오델로　그래. 캐시오하고 저질렀다는 걸 말이야. 그러나 저 여자가 정숙했다면, 하늘이 보석으로 완전무결한 세계를 만들어 준다 해도 나는 저 여자와 바꾸지 않았을 거야.

이밀리아　제 남편이라니요!

오델로　그렇지, 나에게 처음 이야기해 준 게 네 남편이야. 그는 성실한 사람이니까 불결한 행위의 더러움을 미워하는 거야.

이밀리아　제 남편이라니요!

오델로　아니, 왜 그렇게 자꾸만 물어보는 거야? 네 남편이라고 내가 말했잖아.

이밀리아　아, 부인, 악당이 장군님의 마음을 희롱한 거라고요! 제 남편이 부인이 부정한 여자였다고 말했다니!

오델로　그래, 네 남편이야. 네 남편이라고. 내 말을 알아듣겠어? 내 친구요, 네 남편이요, 성실하고 성실한 이야고 말이야.

이밀리아　그 사람이 그런 말을 했다면 그의 사악한 영혼은 날마다 조금씩 썩어버려라! 그 사람은 터무니없는 거짓말쟁이야! 부인은 이런 더럽기 짝이 없는 남편을 너무나 소중히 하셨어!

오델로　흥!

이밀리아　마음대로 나쁜 짓을 해봐요. 자기에게 과분한 부인을 이렇게 해놓은 당신 같은 건 어차피 천당에 가지 못하거든.

에밀리아 : 이 멍텅구리! 이 바보!
　　　　　흙덩어리처럼 무식한 놈아!

오델로	잠자코 있어. 그래야 너한테 이로울 테니까.
이밀리아	어디 나를 해치겠다면 맘대로 해봐. 어림도 없지. 이 멍텅구리! 이 바보! 흙덩어리처럼 무식한 놈아! 당신이 한 짓은 말이야. 내가 당신의 칼 따위를 무서워할 거 같아? 난 당신이 한 짓을 퍼뜨릴 테야. 날 죽이려면 얼마든지 죽여 봐. 사람 살려! 어이, 사람 살려! 사람 살려! 무어인이 부인을 죽였어요! 살인이다! 살인이야!

　　　🐝 *몬타노, 그래샤노, 이야고가 등장한다.*

몬타노	무슨 일이냐? 장군, 무슨 일이오?
이밀리아	아, 이야고, 당신이 왔군요? 당신도 참 장하시군요. 다른 사람들의 살인죄를 뒤집어쓸 신세가 됐으니까요.

그래샤노	무슨 일이냐?
이밀리아	당신도 남자라면 이 악당의 말을 반박해 보세요. 그는 자기 부인이 나쁜 짓을 했다는 걸 당신한테 들었다고 하니까요. 당신은 그런 말을 하지 않았을 거야. 당신은 그런 악당이 아니니까. 뭐든지 말을 좀 해봐요. 나는 가슴이 답답하다고요.
이야고	난 내가 생각한 바를 그에게 말했을 뿐이야. 그것뿐이지. 장군 자신도 과연 그럴 거라고 시인하셨어.
이밀리아	그렇지만 당신은 부인이 불의를 저질렀다고 장군님에게 말했나요?
이야고	했어.
이밀리아	거짓말, 더러운 거짓말, 무서운 거짓말이야. 맹세코 이건 거짓말, 엉뚱한 거짓말이야! 부인이 캐시오하고 불의를 저질렀다니! 캐시오하고 했다고? 당신은 그런 말을 했어요?
이야고	캐시오하고 했어. 이봐, 입 다물어.
이밀리아	난 입을 다물지 않을 테야. 떠들지 않고는 못 배겨요. 부인이 살해당했어요. 자기 침대에서 말이에요.
모두	아, 큰일 났구나!
이밀리아	당신의 무고 때문에 일어난 살인이라고요.
오델로	아, 모두 그렇게 놀라지는 마세요. 전부 사실이지요.
그래샤노	이건 믿을 수 없는 사실이로군.
몬타노	아, 가공할 짓이야!
이밀리아	흉악해, 흉악해, 흉악해! 그래, 난 생각나는 게 있어. 생각나는 게 있다고. 그런 것 같더라니. 아, 흉악해! 그때만 해도 그렇게 의심이 들었어. 난 슬퍼서 죽을 것만 같아. 아, 흉악해, 흉악해!
이야고	아니, 너 미쳤어? 집에 가 있어.

이밀리아	여러분, 제 말을 들어 보세요. 제가 남편의 말에 순종하는 게 당연하지만, 지금만은 싫어요. 이야고, 난 절대로 집에 안 가겠어요.
오델로	아! 아! 아! *(침대에 쓰러진다.)*
이밀리아	자, 그렇게 쓰러져서 울부짖어 보세요, 이 세상의 빛을 본 사람들 가운데 둘도 없이 귀엽고 순진한 분을 당신은 죽였으니까.
오델로	*(일어나며)* 아, 저 여자는 간통을 했다 이거예요! 처삼촌, 제가 몰라 뵈었군요. 저기 당신의 조카딸이 쓰러져 있지요. 방금 내 손으로 목숨을 끊어 놓았지요. 잔혹하고 끔찍한 짓이라고 생각하시겠지요.
그래샤노	가련한 데스데모나! 너의 아버지가 이미 돌아가셔서 다행이야. 너의 결혼 때문에 심한 충격을 받아 비탄에 빠진 나머지, 노인의 목숨 줄은 끊어지고 말았어. 그분이 만일 살아서 이 광경을 보셨다면 무슨 짓을 하실지 모르지. 그래, 자기 수호천사를 옆으로 밀쳐버리고 지옥으로 뛰어들었을 게야.
오델로	불쌍하지요. 하지만 이야고가 알고 있어요. 저 여자가 천 번이나 캐시오와 수치스런 짓을 했다는 걸 말이에요. 캐시오는 자백했지요. 더구나 저 여자는 내가 최초에 준 사랑의 표지인 선물을 남자의 못된 짓에 대해 사례로 주었던 거요. 나는 그놈이 그걸 가지고 있은 것을 보았지요. 손수건 말이에요. 그건 우리 아버지가 어머니에게 선물한 예전의 기념품이었거든요.
이밀리아	아, 이걸 어쩌면 좋단 말인가! 오, 하느님!
이야고	이봐, 주둥이 닥쳐.
이밀리아	말할 테야. 나는 말할 테야. 나더러 입을 닥치라니! 싫어요. 북풍이 마구 불어 대듯이 나는 모조리 말해 버릴 테야. 신과 사람과 악마가 모두 몰려 와서 나더러 입을 다물라고 악을 쓴다 해도 나는

그래샤노 : 이야고의 부인이 쓰러지는군. 틀림없이 그놈이 자기 아내를 죽였어.

말하고야 말 테야.

이야고	쓸데없는 말은 그만 하고 집에 가란 말이야.

이밀리아   *가긴 누가 가요? (이야고가 이밀리아를 찌르려 한다.)*

그래샤노   너 이게 무슨 짓이냐? 여자에게 칼부림이라니!

이밀리아   이 얼간이 무어인아! 네가 말한 그 손수건은 내가 우연히 주워서
           내 남편에게 준 거야. 남편이 이상하게도 자꾸만 진지한 태도로
           그런 쓸데없는 물건을 훔쳐다 달라고 나한테 졸라 댔기 때문이야.

이야고   이 빌어먹을 년이!

이밀리아   부인이 그 손수건을 캐시오에게 주었다니! 아니에요! 절대로 아니
           라고요! 그건 내가 주워서 남편에게 주었어요.

이야고   이년, 거짓말은 집어치워!

이밀리아   절대로 거짓말이 아니에요. 여러분, 거짓말이 절대로 아니라고요.
           아, 살인자, 바보! 이 따위 바보가 그토록 착하신 부인을 어떻게 하
           겠다는 것이었을까?

오델로	이 흉악하기 짝이 없는 악당아, 벼락이나 맞고 뒈져라! *(이야고에게 달려든다. 이야고가 칼로 이밀리아의 등을 찌르고 퇴장한다.)*
그래샤노	이야고의 부인이 쓰러지는군. 틀림없이 그놈이 자기 아내를 죽였어.
이밀리아	예, 그래요. 아, 나를 부인 옆에 뉘어 주세요.
그래샤노	그놈은 도망쳤어. 자기 아내를 죽이고 말이야.
몬타노	저놈은 참 지독한 악당이야. 이 칼은 내가 지금 무어인한테서 뺏은 거니까 잘 받아 두시오. 자, 출입문 밖에서 지키시오. 무어인이 방에서 나가지 못하게 하고, 정 말을 듣지 않으면 차라리 죽여 버리시오. 나는 저 악당을 쫓아가겠소. 저놈은 참으로 가증할 악당이거든. *(오델로와 이밀리아만 남고 모두 퇴장한다.)*
오델로	나는 이제 용기도 상실했어. 풋내기까지 내 손에서 칼을 뺏어갔으니까. 명예도 다 잃어버린 내가 새삼스럽게 무용을 자랑해서 무슨 소용이냐? 이제는 아무런 미련도 없어.
이밀리아	부인, 그 노래는 무슨 조짐이었나요? 자, 제 말이 들리나요? 저는 백조같이 노래를 부르면서 죽어요. *(노래한다.)* 버드나무야, 버드나무야, 버드나무야. 무어인아, 부인은 결백했어요. 악독한 무어인아, 부인은 당신을 사랑했어요. 나는 바른말만 하니까 내 영혼은 천당에 가요. 나는 생각하는 대로 말하면서 죽는 거예요. 그렇게 죽어요. *(숨이 끊어진다.)*
오델로	이 방에는 칼이 또 한 자루 있어. 얼음같이 찬 강물에 단련된 스페인의 칼 말이야. 아, 여기 있군. 처삼촌, 나는 밖으로 나가야겠어요.
그래샤노	*(문밖에서)* 그런 짓하면 네 목숨은 없어. 너는 무기도 없잖아. 조용히 하지 않으면 재미없어.
오델로	그러면 당신이 안으로 들어와서 보고 나서 나에게 말하세요. 그렇

잖으면 난 맨손으로라도 당신을 상대할 테니까.

🌸 *그래샤노가 등장한다.*

그래샤노   왜 그런가?

오델로   보세요, 난 칼을 가지고 있소. 이렇게 좋은 칼은 지금까지 어떠한 군인도 옆구리에 차본 적이 없지요. 나도 한 때는 이 하찮은 팔과 이 훌륭한 칼로 당신 같은 사람 이십 명이 한 다발이 되어 막는다 해도 무찔렀지요. 아, 이건 쓸데없는 큰 소리야! 누가 운명을 좌우할 수 있단 말인가? 하지만 지금은 글렀지요. 내가 칼을 가지고 있어도 당신은 무서워하지 말아요. 내 인생의 여로는 여기서 끝나는 거요. 마지막이지요. 내 항로의 최후의 부두에 배가 닿았지요. 당신은 무서워서 그렇게 뒤로 물러서는 거요? 겁내지 말아요. 갈대 한 가지가 이 오델로의 가슴에 다가와도 나는 물러나요. 그런데 이 오델로는 어디로 가야 하나? 어디 봅시다. *(침대를 돌아다본다.)* 당신은 어떤 안색을 하고 있는 거요? 아, 불운한 당신! 자기 속옷처럼 창백한 표정이라니! 최후의 심판 날 다시 만나게 되어 당신의 이 얼굴을 보기만 해도 내 영혼은 하늘에서 내동댕이쳐져서 지옥의 마귀들에게 뜯어 먹히겠지. 당신은 싸늘하다, 싸늘해! 당신의 정조도 이러했겠지. 아, 저주받은 노예 놈! 지옥의 악마들아, 나를 채찍질해서 이 천사 같은 모습이 보이지 않는 곳으로 쫓아내라! 열풍 속으로 내 몸뚱이를 흩날려 버려라! 유황불로 나를 태워라! 불바다의 심연 속에 나를 처넣어라! 아, 데스데모나! 죽어버린 데스데모나! 죽어 버렸다니! 아! 아! 아!

오델로 : 아, 불운한 당신!

🔖 로도비코, 몬타노, 들것에 실린 캐시오, 잡힌 이야고, 관리들이
　　등장한다.

로도비코	경솔하게 불운을 자청한 당사자는 어디 있는가?
오델로	그는 오델로라고 불리던 놈이지요. 여기 있지요.
로도비코	그 독사 같은 놈은 어디 있느냐? 그 악당을 이리 끌어내라.
오델로	어디 발을 좀 보자. 악마는 발굽이 둘로 갈라져 있다는 건 꾸며낸 말인가? 네놈이 악마라면 내 칼은 들어가지 않을 게야. *(이야고를 찌른다.)*

로도비코	저 칼을 뺏어라.
이야고	나는 피는 흘리지만 아직 죽지는 않았어.
오델로	나도 서운할 건 없어. 네놈을 오히려 살려 두고 싶거든. 지금의 내 심정으로는 죽는 것이 행복한 것이니까.
로도비코	아, 오델로, 한 때는 그처럼 훌륭하던 당신은 극악무도한 놈의 간계에 걸렸다고요. 나는 당신에게는 뭐라고 말해야 좋을지 모르겠군요.
오델로	무슨 말을 하셔도 좋아요. 정의의 살인자라고나 해주세요. 저는 개인적인 원한 때문에 죽인 건 전혀 아니지요. 모두 정의 때문에 한 것이지요.
로도비코	이놈은 이미 자기 죄를 자백했어요. 당신은 이놈과 공모해서 캐시오를 죽이려고 했지요?
오델로	그랬지요.
캐시오	장군님, 저에게는 그렇게 당할 이유가 없어요.
오델로	확실히 그래. 나를 용서해줘. 저 악마 같은 놈이 왜 이렇게 나의 육체와 영혼을 덫에 걸어 놓았는지 제발 네가 물어봐라.
이야고	나에게 물어 볼 것도 없지요. 당신도 아실만큼 아셨으면 되지 않아요? 지금부터 나는 한 마디도 말하지 않을 테요.
로도비코	아니, 기도도 안하겠다고?
그래샤노	고문으로 입을 열게 할 거요.
오델로	그래, 넌 말을 안 하는 게 제일 상책이야.
로도비코	당신은 아직 모르겠지만, 이런 일이 있었지요. 여기 편지가 있어요. 살해당한 로더리고의 주머니 속에서 발견된 것이지요. 그리고 여기 또 한 통이 있는데 이 가운데 한 편지에는 로더리고가 캐시오의 암살을 맡는다고 적혀 있지요.

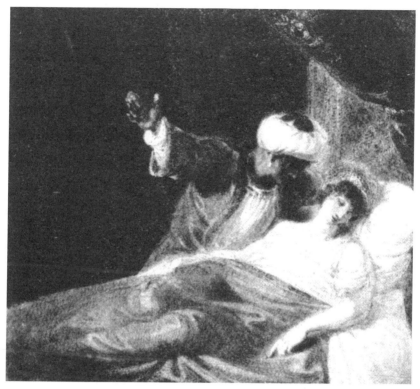

오델로 : 당신을 죽이기 전에 나는 당신에게 키스했어. _ 존 더스턴 작

오델로	아, 악당!
캐시오	극악무도한 놈!
로도비코	또 한 통은 불평을 적은 편지인데 이것도 역시 그놈의 주머니에 있던 것이지요. 이건 로더리고가 이 악당에게 보내려고 쓴 것 같군요. 그러나 보내기 직전에 이야고가 찾아와서 결말이 났던 모양이지요.
오델로	아, 천하에 몹쓸 놈 같으니! 캐시오, 그 손수건은 내 아내 것이었는데 그걸 어떻게 네가 손에 넣었나?
캐시오	내 방에 떨어져 있었지요. 저놈이 방금 자백했어요. 자기가 일부러

	내 방에 떨어뜨려 놓았더니, 과연 자기 생각대로 걸려들더라고요.
오델로	아, 바보 같이! 나는 바보였어! 바보였어!
캐시오	게다가 로더리고는 편지에서 이야고를 비난하고 있어요. 지난번
	야간경비를 보던 날 밤에도 이놈이 로더리고를 시켜서 나하고 싸
	움을 하도록 했고, 그것 때문에 저는 면직이 됐지요. 그뿐만 아니
	라 죽은 줄만 알았던 저 로더리고가 입을 열고는 이야고가 자기를
	베었다, 자기를 부추긴 것도 이야고다 라는 말을 했어요.
로도비코	당신은 이 방을 나서서 우리와 동행해야만 하겠어요. 당신의 권한
	과 관직은 모두 박탈당하는 거요. 캐시오가 이 키프로스를 통치하
	게 됐지요. 이 악당에게 심한 고통을 오랫동안 줄 수 있는 고문 방
	법이 있다면 그걸로 처벌하겠어요. 그리고 당신은 베니스 정부에
	당신의 죄상이 보고될 때까지 감옥에 들어가 있어요. 자, 이 사람
	을 데리고 가라.

오델로	잠깐만! 당신들이 떠나기 전에 내가 한두 말씀 드릴 테니 들어주세요. 나는 국가에 어느 정도는 공적이 있고 그건 정부에서도 알고 있지요. 하지만 나는 그걸 말하자는 게 아니에요. 다만 내가 원하는 것은 보고서에 이 불행한 사건을 기록할 때 사실 그대로 나에 관해 전해달라는 것이지요. 나를 조금이라도 두둔하거나 악의를 개입시키거나 하지 말아 주세요. 말하자면 이렇게 적어 주세요. 분별은 부족했어도 진정으로 아내를 깊이 사랑한 남자였다. 경솔하게 남을 의심하지 않는 남자였지만 속임수에 넘어가 극도로 당혹하여, 어리석은 인도인처럼 자기의 온 민족보다 값진 진주를 그 손에서 내던져 버렸다. 생전 울어 보지도 않던 남자가 이번만은 슬픔을 못 이겨 아라비아의 고무나무가 수액을 흘리듯이 억수같이 눈물을 쏟았다. 이렇게 기록해주세요. 그리고 한 가지만 더 전해주세요. 언젠가 알레포Aleppo에서 머리에 터번을 두른 터키 사람이 가증하게도 베니스 사람을 때리고 우리나라를 모욕한 것을 보았을 때, 나는 그 이교도 개놈의 모가지를 잡고 이렇게 찔렀다고 말이에요. (칼로 자기를 찌른다.)

오델로 잠깐만! 당신들이 떠나기 전에 내가 한두 말씀 드릴 테니 들어주세요. 나는 국가에 어느 정도는 공적이 있고 그건 정부에서도 알고 있지요. 하지만 나는 그걸 말하자는 게 아니에요. 다만 내가 원하는 것은 보고서에 이 불행한 사건을 기록할 때 사실 그대로 나에 관해 전해달라는 것이지요. 나를 조금이라도 두둔하거나 악의를 개입시키거나 하지 말아 주세요. 말하자면 이렇게 적어 주세요. 분별은 부족했어도 진정으로 아내를 깊이 사랑한 남자였다. 경솔하게 남을 의심하지 않는 남자였지만 속임수에 넘어가 극도로 당혹하여, 어리석은 인도인처럼 자기의 온 민족보다 값진 진주를 그 손에서 내던져 버렸다. 생전 울어 보지도 않던 남자가 이번만은 슬픔을 못 이겨 아라비아의 고무나무가 수액을 흘리듯이 억수같이 눈물을 쏟았다. 이렇게 기록해주세요. 그리고 한 가지만 더 전해주세요. 언젠가 알레포Aleppo에서 머리에 터번을 두른 터키 사람이 가증하게도 베니스 사람을 때리고 우리나라를 모욕한 것을 보았을 때, 나는 그 이교도 개놈의 모가지를 잡고 이렇게 찔렀다고 말이에요. (칼로 자기를 찌른다.)

로도비코 아, 처참한 죽음이로구나!

캐시오 지금까지 얘기해 놓은 게 모두 허사가 됐군요.

오델로 당신을 죽이기 전에 나는 당신에게 키스했어. 지금은 이렇게 밖에 할 수 없어. 내 스스로 목숨을 끊고 키스하며 죽는 길밖에는. (침대에 쓰러져 죽는다.)

캐시오 이런 일을 염려했지만, 나는 그가 칼은 가지고 있지 않은 줄 알았지요. 그는 용감한 분이셨거든요.

로도비코 (이야고에게) 아, 이 스파르타Sparta의 개 같은 놈아, 어떠한 고통이나 굶주림이나 험한 바다보다도 더 잔악한 놈아! 침대 위에 쓰

러져 있는 이 비참한 시체더미를 보라. 이건 네놈이 한 짓이야. 눈
마저도 멀어 버릴 지경인 광경이야. 보이지 않게 가려야지. *(침대
의 커튼을 친다.)* 그래샤노, 이 저택의 관리를 맡으시고 무어인의
재산을 몰수하시오. 당신이 상속을 받아야 하니까 말이오. *(캐시
오에게)* 그리고 총독 각하, 이 극악한 놈의 재판을 각하에게 일임
하니, 때와 장소와 고문 방법을 결정하시오. 아, 가차 없이 처벌하
시오! 나는 즉시 배를 타고 돌아간 다음 이 비참한 사건을 비통한
심정으로 본국에 보고하겠소. *(모두 퇴장한다.)*

셰익스피어 인물 소개

셰익스피어의 생애

　　　　　우리가 알고 있는 셰익스피어의 생애는 그의
작품 세계와도 일치한다. 현실적 사고방식에 근거한 그의 천재적인 상상은 낭
만적인 환상보다 월등히 높은 차원을 날고 있다. 일리저베드 시대의 전기관(傳
記觀)으로 보든지, 또는 당시 극작가의 미천한 사회적 위치라는 점에서 보든
지, 셰익스피어는 비교적 놀라울 만큼 풍부한 전기의 자료를 남겨두고 있다.
첫째 교회나 관공서, 궁정 등에 남아 있는 기록, 둘째 동시대인들이 셰익스피
어에 대해서 언급한 기록, 셋째 지금까지 전해져 내려온 전설 등이다. 하지만
무엇보다도 그의 작품이 가장 주요한 자료가 될 것이다. 이것은 다른 작가들의
경우처럼 작품 안에 자서전적인 요소가 들어있다는 뜻이 아니라, 그의 작품 전
체를 일관하여 흐르고 있는 셰익스피어의 정신. 또는 그의 내면적인 상(橡)을
작품에서 가장 잘 나타내고 있다는 뜻이다.

✿ 유년시대

윌리엄 셰익스피어는 1564년 4월 26일 스트래트퍼드 온에이븐 교회에서 세례를 받았다. 당시 세례에 얽힌 사항들로 미루어 볼 때 그의 탄생 날짜는 23일로 추측되고 있다. 그의 죽음의 날짜 또한 공교롭게도 1616년 4월 23일이었다. 그의 아버지 존 셰익스피어는 다른 고장에서 이사를 와서 이 고장에서 잡화상, 푸주, 양모상 등을 경영하여 부유해졌다. 사회적 지위도 시의 재무관과 시장까지 지낸 바 있었다. 그의 아버지는 부(富)와 출세를 겸한 인물로, 슬하에 자녀를 여덟 명이나 두었다. 그 셋째가 윌리엄 셰익스피어이다. 그의 교육과정은 고장 그래머 스쿨을 채 끝마치지 못한 채 오학년 과정에서 중퇴했다고 추측하고 있다. 셰익스피어가 그래머 스쿨조차 모두 마치지 못한 이유는 집안 형편이 어려워진 탓으로 본다. 시인 벤 존슨은 후일 셰익스피어를 가리켜 '라틴어를 겨우 조금 알고, 그리스어는 거의 모르는 사람'이라고 평한 바 있다. 그러나 셰익스피어는 문법학교에서 익힌 라틴어를 토대로 라틴의 고전들을 충분히 읽어낼 만큼 총명하고 민첩한 두뇌의 소유자였다.

셰익스피어의 아버지 존은 시장 시절에 서명(署名)을 클로버 잎으로 대신했다고 한다. 그것은 그가 무학(無學)이었던 탓이라고 보는 학자들도 있지만, 아무튼 그의 경력은 여러 가지로 드라마틱하다. 그의 가문의 쇠퇴는 당시 국내의 격동하는 정치 정세 때문일 것이라는 설이 있다. 존은 경건한 가톨릭 신자였다. 그러던 것이 헨리 8세가 성공회(聖公會)를 내세워 종교개혁을 하는 바람에 가톨릭교도는 타격을 받지 않을 수 없게 되었다. 아마 가정의 이러한 몰락에 자극받아 출세를 위해 셰익스피어는 런던으로 상경했을지도 모른다. 이러한 이유로 부모의 신앙과 관련하여 셰익스피어 개인의 신앙은 과연 가톨릭이었겠느냐, 신교이었겠느냐, 무신론자였겠느냐 하는 논쟁이 자연히 열을 띠게 되었다.

이 고장에는 대학에 진학한 자제들이며 대학 출신의 지식인들도 상당수 있었다. 셰익스피어는 문법학교를 중퇴하게 되자, 어느 변호사의 법률 사무소 서기로 취직했다고 보는 견해가 있다. 머리가 명석한 셰익스피어는 아마 이 서기 시절에 법률 서적을 맹렬히 읽었을 것이다. 예민한 관찰력과 정확한 판단력을 가지고 그는 인위적인 법률의 부조리를 간파했을는지도 모른다. 후일 그의 사극이나 비극에서 전개되는 권력 투쟁의 세계는 이미 이 무렵부터 어렴풋이 그의 뇌리에 어른거렸을는지도 모른다. 《헨리 6세》 제2부에서 재크 케이드 일당의 폭도들은 "법률가를 죽여 버려라!"고 외친다. 이 시골 도시의 장서를 가지고는 셰익스피어의 독서열은 도저히 충족될 수 없는 일이었겠지만, 그래도 그는 《성서》, 홀린셰드의 《사기(史記)》, 《오비드》 등의 라틴 고전 문학에 접할 수 있었을 것이다. 셰익스피어는 한 번 읽은 것은 차곡차곡 뇌리에 축적해 두었다가 필요할 때는 누에가 실을 뽑아내듯이 독서에서 얻은 지식을 언제든지 재생해낼 수 있는 비상한 머리를 가진 사람이었다.

🌸 결혼 생활

셰익스피어는 1582년 11월 28일 스트래트퍼드의 서쪽 약 1마일 지점에 있는 쇼터리 마을의 지체 있는 한 부농(富農)의 딸인 앤 해서웨이와 결혼했다. 그때 그는 열여덟 살, 신부는 여덟 살 위인 스물여섯이었다. 결혼한 지 5개월 후인 1583년 5월 23일에 큰딸 스잔나가 태어났고, 1585년 2월에는 쌍둥이가 태어났다. 장남 함네트와 둘째 딸 주디스다. 셰익스피어의 결혼 생활에 대한 기록은 여기서 일단 중단되어 있다. 셰익스피어의 결혼에 대해서는 논쟁이 분분하지만 이들 부부의 결혼 생활은 부자연스럽기보다도 자연스러운 듯싶다. 대개 젊은 청년이 연상의 여성을 사랑할 때 불행으로 끝나게 마련이지만 이 결혼은 성

취된 것이다. 로미오와 줄리엣의 경우처럼 풋내기 젊은 남녀의 불꽃이나 유성같이 눈 깜박할 사이에 사라져 버리고 마는 사랑이 오히려 부자연스러운지도 모른다. 로미오와 줄리엣의 사랑은 셰익스피어와 앤과의 현실적인 사랑의 역설인지도 모른다. 대개 남성은 그 심층 심리에 모성에 대한 영원한 동경을 간직하고 있다고 한다. 햄릿의 경우가 아마 그러하다 하겠다. 예술적인 천재를 지닌 셰익스피어는 이 본능에 있어서 또한 남달리 강렬했음을 보여 주고 있다. 셰익스피어의 결혼 생활이 불행했으리라고 논증하는 학자들이 더러 있지만, 반드시 그렇지만은 않았을 것이다.

그후 1592년, 당시의 대(大)극작가 로버트 그린이 한 푼 없이 비참하게 여인숙에서 죽어 가면서 동료에게 보낸 서한에 다음과 같은 구절이 있다. '우리의 깃으로 단장을 한 한 마리의 까마귀 새끼가 벼락출세를 해가지고, 당신네들 누구에 못지않게 무운시(無韻詩)를 잘할 수 있다고 망상하고 있다. 그뿐 아니라 그자는 온통 자기만이 천하를 셰익 신(振動 shake-scene)케 하고 있는 듯 몽상하고 있다.' 이 구절 중 천하를 진동시킨다는 뜻으로 쓰여진 셰익 신은 셰익스피어의 이름자와 관련된 풍자인 것으로 해석되고 있다. 이 글은 갑자기 런던에 혜성같이 나타나서 연극계를 주름잡기 시작한 초기 셰익스피어의 모습이 엿보이지만, 그는 이렇듯 런던에서 비우호적으로 받아들여졌던 것이다.

그러면 고향에서 기록이 중단된 후, 그린의 이 서한이 나오기까지 약 7년간 그는 대체 어디서 무엇을 했을까? 여기서는 각가지 전설적인 얘기며 추측 등이 전해져 내려오고 있다. 스트래트퍼드의 귀족 루시 경의 숲에서 밀렵(密獵)한 죄로 벌을 받자 셰익스피어는 루시 경을 풍자하는 시구의 방(榜)을 내 붙였다가 끝내는 고향에 있지 못하게 되었다든가, 잠시 이웃 마을의 어느 귀족의 집에서 가정교사를 했을 것이라든가, 이 고장에 찾아온 순회공연 극단을 따라 런던으로 상경했으리라든가….

런던의 연극계에 발을 들여 놓은 셰익스피어는 직책의 선택 여부가 있을 수 없었다. 그는 우선 〈레스터 백작 소속 극단〉에 취직하여 처음에는 관객이 타고 온 말을 보관하는 말지기 역할을 맡아 보았다. ≪맥베드≫에서 밤중 문지기의 훌륭한 대사는 이 시절의 생생한 체험이었는지도 모른다. 그러나 이 무렵 그는 직책은 비록 말지기였으나 극단의 일원으로 가끔 극에 관여할 기회가 있었다. 그는 그런 기회를 잘 이용하여 재능을 인정받아 배우로 등용되었다. 그러나 배우로서의 셰익스피어는 그리 뛰어나지 못했던 것 같다. 후일에도 ≪햄릿≫의 유령 역이나 ≪뜻대로 하세요≫의 애덤 노인 역 등 단역으로 출연했다고 전해진다.

셰익스피어는 극단 전속 작가가 되었다. 당시 극단 전속 작가란 대개 타인의 인기 있는 작품을 개작이나 하는 직책이었다. 일종의 표절이었다. 그러나 당시에는 표절판이 가능할 정도로 판권이 보장되어 있지 않았기 때문에, 타인의 작품을 아무런 구애도 없이 어떠한 형태로든지 개작할 수 있었다.

런던에 상경한 셰익스피어는 〈레스터 백작 소속 극단〉에 발을 들여놓은 후로 이윽고 〈스트레인지 남작 소속 극단〉, 〈궁내 대신 소속 극단〉, 〈국왕 소속 극단〉 등의 일원으로 '극장(劇場 The Theatre)'에서 활동하게 된다. 극장은 런던 시 외곽 북쪽 변두리에 1576년에 세워진 건물이다. 셰익스피어가 소속한 극단은 1599년부터 런던 시의 남쪽 템즈강 건너에 세워진 〈글로브 극장〉에서 활동하게 된다.

그린의 비우호적인 1592년의 기록과는 달리, 1598년 프랜시스 미어즈라는 젊은 학자는 ≪지식의 보고(寶庫)≫라는 책자에서 셰익스피어의 몇몇 극을 관람한 사실을 들어 격찬을 아끼지 않고 있다. 그가 관람했다는 극 중에는 다음 작품들이 열거되어 있다. ≪베로나의 두 신사≫, ≪착오 희극≫, ≪사랑의 헛수고≫, ≪사랑의 수고의 보람(이것은 셰익스피어의 어느 극을 두고 말한 것인지 알 수 없다)≫, ≪한여름 밤의 꿈≫, ≪베니스의 상인≫, ≪리처드 2세≫, ≪리처드 3세≫, ≪헨리 4세≫, ≪존 왕≫, ≪타이터스 앤드로니커스≫, ≪로미오와 줄리엣≫ 등. 이 기록으로 보아 셰익스피어는 초기에 이미 사극, 희극, 비극에 모조리 손을 댄 것이 된다.

그가 최초로 제작한 사극 ≪헨리 6세≫ 제 1, 2, 3부(1590~1592)와 ≪리처드 3세≫(1592~1593), 이 네 편의 사극은 하나의 체계를 이루고, 왕권을 에워싼 귀족들의 갈등에 의한 질서와 무질서의 대립이 빚어내는 국가의 혼란과 불안, 권불십년(權不十年), 인과응보 등의 외적인 양상이 추구되고 있다. 이 시기의 단 한 편의 비극인 ≪타이터스 앤드로니커스≫(1593~1594)는 당시 유행이던 유혈 복수의 비극에 있어서도 토머스 키드와 같은 선배 극작가의 '스페인 비극'을 능가하고 있음을 실증해 주고 있다.

이 습작기에 셰익스피어는 희극에 있어서도 솜씨를 발휘하기 시작했다. ≪착오 희극≫(1592~1593)을 비롯하여 ≪말괄량이 길들이기≫(1593~1594), ≪베로나의 두 신사≫(1594~1595), ≪사랑의 헛수고≫(1594~1595) 등이 그것들이다. 이 초기 희극들은 현실 세계와 낭만 세계를 차례로 전개시켜 본 희극들이다. 이 두 개의 세계는 교체 성장(交替成長)하여 다음 시기의 ≪한여름 밤의 꿈≫(1595~1596)을 계기로 완전히 융합되어, 제 2기의 로맨틱 코미디(浪漫喜劇)라는 새로운 희극이 탄생하게 된다.

이 무렵 또한 그는 장편의 이야기 시 ≪비너스와 아도니스≫(1593년 출판)와 ≪루크리스의 능욕≫(1594년 출판)을 이미 친밀히 교제하게 된 유력한 귀족 청년 사우샘프턴 백작에게 바친 바 있다. 그의 ≪소네프 집(集)≫ 또한 이 무렵에 쓰여 진 듯하다. 그의 습작기는 동갑인 말로 Marlowe의 영향을 받았다. 그러나 그의 희극들의 탄생으로 그는 이미 말로의 영역을 초월하게 되었다. 만인(萬人)의 마음을 가진 셰익스피어는 고귀한 정신의 상승과 몰락의 묘사에 그치지 않았으며, 컴컴한 고독이나 비극만을 추구하지도 않았다. 그는 인생의 즐거운 면에도 주목했다. 초기의 희극들은 벌써 인생의 밝은 면, 즐거운 면에 눈길을 돌린 증거이다.

셰익스피어의 습작기가 끝날 무렵에 그의 선배 작가이자 경쟁 작가들인 '대학재파(大學才派)'의 극작가들은 그린(1592년)이나 키드(1594년) 같이 빈곤 속에 비참하게 세상을 떠나거나 또는 말로(1593년) 같이 정치 음모로 암살되는 등, 그 밖의 대학재파들도 모두 비참하게 연극계를 떠나게 되었다. 오늘 날 문학사에 남은 대학재파들은 7~8명밖에 안되지만, 당시 실제 활동한 대학재파들은 20명 전후가 되지 않았나 싶다. 그들은 모두 셰익스피어에게 호의를 갖지 않은 경쟁 작가들이다. 그것은 셰익스피어가 굉장히 많은 수나 양을 나타내는 것의 이미지로 20(Twenty)을 사용하고 있는데, 이 20이란 숫자의 이미지는 그의 전 작품을 통해 150회나 사용되고 있다. 이와 같은 이미지는 그의 20명의 경쟁 작가가 무한히 많은 숫자로 여겨진 데서 온 것인지도 모른다.

🍀 발전기

셰익스피어는 제 2기에 접어들면서 그의 집념이었던 비극을 시도하였다. 그의 최대 관심인 사랑을 주제로 한 ≪로미오와 줄리엣≫(1594~1595)이 그것이다. 그러나 이 극은 아직 그의 역량을 가지고는 성격 창조에까지 미치지는 못하고 그 아름다운 서정성에도 불구하고 한낱 운명 비극으로 그친다. 그의 이 시기는 사극의 체계가 매듭지어지고, 로맨틱 코미디가 완성된 시기이기도 하다.

이와 같은 보람찬 작품 제작과 더불어 그의 주변 또한 활발한 양상을 보여 준다. 기록에 의하면, 당시 런던에서는 매년 되풀이되다시피 여름철에는 전염병이 창궐했다고 한다. 당시 런던은 인구 20만 내외의 도시였는데, 그런 전염병이 한 번 휩쓰는 날이면 인구의 십 분의 일이 죽어 없어질 정도로 전염병은 위세를 떨쳤다고 한다. 전염병이 창궐하면, 그렇잖아도 우범지대로 여겨지던 극장이었으니까, 극장은 폐쇄되고 극단은 지방 순회공연에 나섰다. 우리는 ≪햄릿≫에서 그런 지방 순회 극단의 경우를 볼 수 있다. 셰익스피어가 소속한 극단은 비교적 큰 극단이었기 때문에 전속 극작가인 셰익스피어는 지방 순회에 동행하지 않고 전염병을 피하여 고향에 돌아가 있었으리라고 생각된다.

셰익스피어가 발전기인 제 2기에 사극의 체계를 매듭짓고 낭만 희극을 완성했음은 앞에서 밝힌 바와 같다. ≪리처드 2세≫(1595~1596), ≪헨리 4세≫ 제 1, 2부(1597~1598), ≪헨리 5세≫(1598~1599), 이 네 편의 사극은 셰익스피어의 이른바 제 2군(群)의 사극으로 제 1군의 사극과 마찬가지로 질서와 무질서의 대결이 전개된다. 제 1군의 사극에서 벌어지는 장미 전쟁의 치욕적인 역사의 원인으로 파악되고 있다.

군왕의 자질이 결여된 리처드 2세는 권모 술수가이자 기회주의자인 그의 사촌 헨리 볼링블루크에 의해 왕위를 찬탈 당한다. 헨리 볼링브루크는 왕위를 찬탈하여 헨리 4세가 된다. 헨리 4세는 왕위를 불법적으로 탈권한 죄의식에 일생을 두고 정신적으로 시달림을 받으며 내란은 끊이지 않는다. 그의 아들 헨리 5세는 내란을 수습하고 프랑스로 출정하여 애진코트의 대승리로 국위를 선양한다. 그러나 그는 요절하고 만다. 그의 아들 헨리 6세가 기저귀를 찬 갓난아이로 등극한다. 헨리 6세 시대에 장미 전쟁이 벌어져서 국가는 아비규환의 수라장으로 변하고 삼십여 년간 국민은 지옥의 고통에 시달린다.

이와 같은 혼란과 혼돈은 제 2군의 사극에서 헨리 4세가 리처드 2세의 정당한 왕권을 불법적으로 찬탈한 데에 기인한 것이라는 인과응보의 인식인 것이다. 제 1군의 사극과 제 2군의 사극을 통하여, 셰익스피어는 무질서의 이면에 영원한 질서와 평화의 존재를 깊이 인식하고 있는 것이다. 우리는 셰익스피어를 르 네상스적 낭만 정신의 기수로 알고 있다. 그러나 한편 그는 그의 사극에서 보여주고 있다시피 중세기의 전통적인 질서 개념을 그의 정신의 밑바닥에 가지고 있었다. 이것 역시 그의 이중 영상, 이원성이라고 하겠다. 이 시기의 ≪존 왕≫(1596)은 8편의 사극과 커다란 질서 체계와는 무관한 고립된 사극이다.

이 시기에 꿈의 세계와 현실을 비로소 완전히 융합시킨 낭만 희극들이 쏟아져 나오게 되는데, 그 첫 낭만 희극 ≪한 여름 밤의 꿈≫은 어떤 귀족의 결혼 축하연을 위해 제작된 것이 분명하다. 셰익스피어의 극이 그의 소속 극단에 의해 일리저베드 여왕이나 제임즈 1세 어전에서 상연되었다는 기록들이 더러 있다. 셰익스피어의 극에는 여왕을 찬양한 구절들이 여기저기 나타나 있고, ≪맥베드≫와 같은 극은 제임즈 1세를 위해 쓰여진 것으로 보여 지고 있다.

다음의 낭만 희극 ≪베니스의 상인≫(1596~1597)은 그의 극중에서 가장 유명한 극의 하나로, 그 이유는 아마 여기에 등장하는 유대인 고리대금업자 샤일록의 성격 창조 때문일 것이다. 동기야 어떻든 결과적으로 샤일록은 비극적인 인물이 되고 말았다. 낭만 희극을 불구(不具)로 하고 만 셈이다. 그러니 이 극은 비록 유명하긴 하지만 좌절된 낭만 희극이라고 할 수 있다. 재판 장면에서 포셔의 자비론(慈悲論) 또한 유명한 대사이긴 하지만, 이것 역시 그리스도교의 위선의 냄새를 풍기고 있다.

≪헛소동≫(1598~1599)은 낭만극 치고는 당치도 않게 음모, 간계를 주제로 한 극이다. 그 음모는 비극 ≪오델로≫와 같은 성질의 것이다. 그러나 이 극이 비극으로 결말지어지지 않고 행복한 끝을 맺게 되는 것은 아직 작가에 있어 내면적인 폭풍이 휘몰아쳐 오지 않고, 이성과 상식의 정신이 작가의 마음을 지배하고 있는 탓이라 하겠다. ≪뜻대로 하세요≫(1599~1600)는 목가적인 전원극이다. 그러한 그 목가의 이면에는 골육상잔(骨肉相殘)이 도사리고 있다. ≪십이야≫(1599~1600)는 정묘한 낭만 희극이면서도 거기에는 청교도와 당국에 대한 사정없는 풍자가 담겨져 있다. 이렇듯 이상의 모든 낭만 희극들이 즐겁고

명랑한 외관의 밑바닥에 모두가 비극적인 문제점을 안고 있다.

이와 같이 셰익스피어는 즐거움 속에서도 슬픔을 잊지 않았으며, 감미로운 사랑을 맹세할 때도 시간의 잔인한 낫이 그 사랑을 내리치는 소리를 귓전에 아니 들을 수 없었던 것이다. 그의 이중 영상은 점점 심오해져 간다. 특히 현상과 실재 사이의 파행(跛行)의 인식은 더욱 심각해져 간다. 그의 통찰과 인식이 깊어지고 표현 기술이 능숙해지자, 그는 본격적으로 비극의 문제와 씨름을 시작했다. 비극기에 접어들 무렵에 낭만 희극과는 다소 이질적인 ≪윈저의 명랑한 아낙네들≫(1600~1601)이 나왔다. ≪헨리 4세≫ 극에서 활약한 바 있는 근대적 인물 폴스태프의 희극성에 감명을 받은 일리저베드 여왕이 폴스태프가 사랑을 하는 희극을 보여 달라는 요청을 하자, 그 요청에 의해 이 극이 집필되었다고 전해진다. 그러나 이 극에서의 폴스태프는 이미 전날의 생기를 잃고 있다.

🌸 위대성의 개화

셰익스피어의 비극기(悲劇期)는 ≪줄리어스 시저≫(1599)를 가지고 막이 열린다. 고매한 이상을 가진 브루터스는 로마의 독재화를 막기 위해 시저를 쓰러뜨린다. 그러나 냉혹한 정치 세계에서 이상주의는 현실에 패배할 수밖에 없다. 셰익스피어가 비극을 쓰게 된 내적인 동기는 앞에서 언급했지만, 그 동기를 외적으로 추구하는 학자들이 있다.

그것은 에섹스 백작의 실각 사건(1601)이다. 당시 에섹스 백작은 일리저베드 여왕의 궁정에서 정신(廷臣)의 정화(精華)이자 권력의 상징이었다. 그는 또한 여왕의 사촌뻘로 한때는 여왕의 가장 두터운 총애를 받았고, 여왕의 배필 후보자로까지 지목되던 인물이다. 또한 셰익스피어의 후원자 사우샘프턴 백작과는 친밀한 사이였다. 에섹스 백작은 아일랜드 반란군 진압 사령관으로서의 임무를 다하지 못한 책임에다, 여왕의 시녀와 벌인 연애 사건으로 여왕의 노여움을 사게 되었다. 에섹스 백작은 평소 자신을 리처드 2세를 타도한 헨리 볼링브루크에 비교하고 있었다. 그는 쿠데타를 결심하고, 거사 전날 밤 셰익스피어의 극단으로 하여금 ≪리처드 2세≫를 〈글로브 극장〉에서 상연케 하였다. 그리고 그 이튿날 그는 부하 일당을 거느리고 런던 시내로 몰려 들어가며 시민들의 호응을 기대했다. 그러나 시민들은 아무런 반응이 없었고 그의 거사는 실패로 돌아갔다. 그로 인해 그는 사형을 선고받았다. 여기에는 그의 강력한 정적(政敵) 로버트 세실의 작용도 있었다. 에섹스 백작은 이제 형장의 이슬로 사라지고, 그의 친한 친구이자 셰익스피어의 후원자인 사우샘프턴 백작도 실각하게 된다.

거사 전날 밤 ≪리처드 2세≫를 〈글로브 극장〉에서 상연한 일로 해서 셰익스피어의 극단도 당국으로부터 문책을 받게 되었으나, 별 탈은 없었다. 천하를 주름잡던 세도가가 갑자기 실각하고 만 것이 셰익스피어에게는 과연 어떻게 비쳤을까? 더구나 실각의 주인공은 그의 친지였으니 말이다. 에섹스 백작의 모반 사건은 1601년 셰익스피어가 서른일곱 살 때의 일이었다. 당시 크고 작은 쿠데타 사건은 끊임없이 일어났다. 유대인 의사 로페츠의 여왕 암살 음모 사건은 ≪베니스의 상인≫ 샤일록에 암시되어 있고, 의사당 폭파 사건은 ≪맥베스≫의 문지기의 대사에서 언급되고 있다. 이와 같이 셰익스피어의 작품에는 당시 시사적인 사건이며, 관습적인 일 등이 여러 곳에서 언급되고 있다.

오늘 날 역사적 비평은 그런 문제들을 샅샅이 해명하고 있다. 일리저벳 여왕은 국민과 일치할 수 있는 위대한 영도자였으며 이 시대에 영국이 비약적인 발전을 한 것은 사실이지만, 당시 종교 문제, 대외 문제, 여왕 후계자 문제 등 전진을 위한 진통이 필연적인 현상으로 크고 작은 반역 사건이 잇달아 일어났다. 따라서 확고한 안정이 요청되었으므로 여왕은 정권을 유지하기 위해 에섹스 백작의 경우와 마찬가지로 무자비한 숙청을 하지 않을 수 없었다. 당시 역적의 죄목 아래 교수대의 제물이 된 고관대작들은 부지기수였다. 맥베드가 덩컨 왕을 암살하고 나오는 장면에서 피가 낭자한 자기 손을 보고 '이 망나니의 손'이라고 한 구절이 있다. 당시 사형 집행관은 교수대에서 죄수를 처형하고 나면 곧 시체의 배를 단도로 갈라 내장을 사방에 뿌리는 관습이 있었다. 어떤 사형집행관은 그 솜씨가 어떻게나 익숙했던지 사형 직후 시체에서 염통을 도려냈을 때 그 염통이 그대로 고동치고 있었다고 한다. 사형 집행관들의 솜씨가 이 경지에 도달할 만큼 역적의 처형이 잦았던 것이다. 그리고 역적의 머리는 런던 탑 위에 내걸려졌다. 셰익스피어는 이들의 죽음에 심적인 타격을 입은 바 있다. 그래서 이들의 죽음과 엑섹스 백작의 실각 등을 그의 비극기의 외적 동기로 보는 학자들이 있다.

그의 비극기에는 세 편의 희극 ≪트로일러스와 크레시더≫, ≪끝이 좋으면 다 좋다≫, ≪이척 보척≫ 등이 있다. 이 희극들은 초기 희극, 제 2기의 낭만 희극들과는 전혀 다른 어두운 희극들이다. 학자들은 근래에 이 희극을 '문제극'이라고 이름을 붙였다. ≪트로일러스와 크레시더≫(1601~1602)는 배신과 혼란이 주제가 된다. 문제는 미해결의 장(章)으로 남을 뿐 아니라 뒷맛이 씁쓸하고 개운치 않은, 이름만의 희극이다. 또한 이 극은 당시 영국의 신구(新舊) 두 사상이 소용돌이치던 세태의 일면을 보여 준다. ≪끝이 좋으면 다 좋다≫(1602~1603)는 그 제목이 말하는 바와 같이 끝만이 해피엔딩으로 끝나는 역시 씁쓸한 희극이다. 사랑을 위해 간계의 수단이 이용되는 희극이다. ≪이척 보척≫(1604~1605)은 부패와 위선의 악취가 코를 찌르는 희극이다. 이 세 편의 희극들은 모두 비극의 비전에서 쓰여 진 것이며, 작가가 다만 끝맺음만을 희극으로 맺은 것이다.

셰익스피어의 대비극에는 왕후 귀족 등 위대한 인물들이 등장한다. 그리고 그 비극은 주인공들의 성격 결함에 의한 내적 갈등이 보다 큰 비중을 차지한다. 이들 성격 비극은 ≪로미오와 줄리엣≫이나 '그리스 비극' 등의 운명 비극과는 차원이 다른 것이다. 게다가 그 주제는 제왕의 이미지를 요란스럽게 울려댄다. 거기에는 국가 사회 질서의 파괴와 그 회복이라는 거대한 전제가 있기 마련이다. 실체와 외관은 깊이 통찰되고 이중 영상은 심오하리만큼 입체적, 동적이다.

≪햄릿≫(1600~1601)은 너무나도 유명한 극이다. 이 극의 주인공은 앞서 논한 엑섹스 백작과도 일맥상통하는 점을 가지고 있다. 이 극에서도 인간 본질의 이원성이 여실히 파헤쳐지고 있다. 이성과 감정, 망상과 행동, 천사와 악마, 판단력과 피의 복수 등 작가의 이중 영상이 다각도로 표현된 작품이다. ≪오델로≫(1604)는 대비극들 중에서도 그 배경 설정이 특이한 극이다. 주인공들의 운명과 국가 사회의 운명과는 무관하다. 가정 비극으로 신의와 질투와 음모를 주제로 한 비극이다. ≪리어 왕≫(1605)은 망은, 배신, 분노 등을 주제로 한 엄청나게 거대한 비극이다. ≪맥베드≫(1606)는 시역자(弑逆者), 악인이 겪는 심적 고통을 그린 악몽의 비극이다. 같은 악인이라도 리처드 3세는 맥베드와 같은 심적 고통은 겪지 않고 악을 실컷 발휘한 후, 그저 절망 속에 죽을 뿐이다. 맥베드 또한 절망 속에 죽는다. 다른 비극의 주인공들이 영혼의 구원을 받고 죽는데 반해 맥베드는 절망 속에 죽는다. 이보다 비참한 비극은 없을 것이다.

≪엔토니와 클레오파트라≫(1606~1607)와 ≪코리올레이너스≫(1607)는 ≪줄리어스 시저≫와 더불어 로마사에 의거한 사극들이다. ≪엔토니와 클레오파트라≫는 거의 우주적인 규모의 초월적인 인간주의가 전개되는 대비극이다. ≪코리올레이너스≫는 취약한 또는 위선적인 애국심을 바탕으로 한 거인의 비극에다 군중의 가공할 힘을 엿보여 주고 있다. ≪아테네의 타이먼≫(1607~1608)은 '리어 왕'과 쌍둥이로 그 사산아로 보여질 만큼 주인공의 인간 혐오와 반응의 주제는 자못 시니컬하다.

1607년 6월 5일 셰익스피어는 고향에 돌아왔다. 장녀 스잔나는 유능한 의사

존 홀과 결혼했다. 1608년 2월 7일에는 외손녀 일리저베드의 탄생을 보았다. 이 무렵 영국의 극장은 종래의 노천극장보다 옥내 소극장으로 그 취향이 변해 갔다. 셰익스피어 극단은 이미 오래전부터 블랙프라이어즈 옥내 소극장에서 겨울철이나, 야간이나, 우천에도 귀족 등 소수의 상류 계급 관객들을 상대로 공연을 하고 있었다.

만년

셰익스피어가 만년에 정착한 곳은 로맨스였다. 낭만극은 이 무렵의 조류이 기도 했다. 그의 낭만극은 모두 다 음모, 배신에 의한 혈육의 이산(離散)으로 부터 재회와 상봉, 그리고 관용과 화해를 주제로 한 것이었다. ≪페리클리즈≫ (1608~1609), ≪심벨린≫(1609~1610), ≪겨울 이야기≫(1610~1611) 등은 모두 혈육의 상봉과 관용의 극들이다. 마지막 로맨스 ≪태풍≫(1611~1612)의 주인공이 마의 지팡이를 바닷속에 버리고 귀향하는 모습은 극작의 영필을 버리고 귀향하

는 작가 자신을 연상케 한다. 비극으로부터 낭만극으로의 변천을 두고 셰익스피어 자신이 신교로 귀의했다고 논하는 상징주의적 해석도 있다. 이제 비극 시대와 같은 고뇌와 부조리는 가서지고 신에게 귀의한 종교적 신앙의 은총이 유난히 돋보이게 된다. 마지막의 또 한편의 고립된 사극 ≪헨리 8세≫(1612~1613)는 합작설이 유력하다.

셰익스피어는 젊어서부터 건실하고 실리적인 경제관념을 가지고 있었다. 그의 생활 태도에는 절도가 있었으며, 성품은 온화하고 언행이 일치했으며, 은퇴할 무렵에는 고향에서 생활이 윤택했으며, 은퇴한 후에도 가끔 런던을 방문한 듯하다. 그의 은퇴 후, 벤 존슨이 영국 최초의 계관시인이 된 것을 축하하며 몇몇 친구들과 스트래트퍼드에서 만나서 주연을 가진 후 셰익스피어는 발병하여 52세에 사망하였다. 그의 기일은 1616년 4월 23일이다. 유해는 고향의 홀리 트리니티 교회 가장 안쪽에 가족들의 유해와 함께 잠들어 있다.

셰익스피어는 실존 인물인가?

        셰익스피어의 전기 기록은 당시 문인의 사회적 지위로 비추어 볼 때 놀라울 만큼 풍부한 셈이다. 정통파 학설은 스트래트퍼드 출신의 극작가 셰익스피어를 믿어 의심치 않지만, 일부 저널리즘 계통으로부터 심심찮게 그의 생애에 관해 이설이 제시되고 있다. 독자들의 오해를 풀기 위해 이설의 정체를 간단히 소개해 두겠다.

  그 하나는 1759년 어떤 광대극의 다음과 같은 대사에서 비롯된다. '셰익스피어의 저자는 벤 존슨이다.', '아니다, 그것은 피니스(Finis)이다. 그의 전집 맨 끝에 그렇게 적혀 있지 않더냐?', 이와 같은 웃지 못할 대사가 있지만, 이로부터 약 백 년 후 셰익스피어의 저자는 프랜시스 베이컨(Francis Bacon)이라는 이설이 심각하게 대두되기 시작했다. 그런데 이 이설들의 바닥에는 다음과 같은 의혹이 깔려 있었다. 셰익스피어와 같은 엄청나게 위대한 시와 철학을 과연 어떤 사람이 모조리 지닐 수 있겠는가? 이것이 가능하다고 하더라도 그 사람은 박식하고, 세도 있고, 견문이 넓으며, 외국어에도 능숙한 사람이어야 하지 않겠는가? 그렇다면 스트래트퍼드 출신의 촌뜨기 배우가 과연 그렇다는 증거가 어디 있는가?

정통파의 견해로는 당시의 문인치고 셰익스피어는 전기가 많은 편이라고는 하지만, 그의 공적, 사적, 외적, 내적인 사실과 기록은 그토록 위대한 작가의 기록치고는 아주 적은 편이다. 그래서 그를 우상같이 숭배하는 사람들은 역설 같지만 그 우상의 진흙으로 만들어진 다리를 찾기 시작했다. 범인(凡人)은 그와 같이 위대한 작품을 쓰지 못할 것이다. 따라서 셰익스피어는 범인일 수 없으며, 그 작가는 그와 같은 요건을 충족시키는 특수 인물일 것이라는 설이다. 이것은 마치 추리 소설과도 같은 이야기다. 여기에 또 한 가지 중요한 충족여건이 있다. 그것은 그가 어떤 이유가 있어 자기 이름을 정면으로는 밝힐 수 없었을 것이라는 설이다.

프랜시스 베이컨이 같은 시대인으로서는 그와 같은 요건을 모두 갖추고 있다 그리하여 베이컨을 셰익스피어 극의 작가라고 하는 주장이 특히 미국에서 한때 상당히 유력했다. 게다가 베이컨은 또 암호법에 조예가 깊었다. 작품 안에 저자가 베이컨임을 알아볼 수 있게 하는 암호들이 산재해 있다는 것이다. 예를 들어 ≪사랑의 헛수고≫(제 5막 제 1장)에 나오는 'honorificabilitudinitatibus' 라는 조어의 뜻은 '프랜시스 베이컨의 정신적 소산인 이 극들은 후세에 영속하리라' 를 뜻하는 라틴어의 암호라고 풀이하라는 이설이 있다. 그 근거는 그의 극의 출원이 여러 가지로 확실한 것으로 미루어 각색 또한 여러 사람의 공동 집필로 이루어진 것이며, 프랜시스 베이컨과 월터 롤리의 공동 집필, 또는 옥스퍼드 백작을 중심으로 한 베이컨, 말로, 롤리, 더비 백작, 러틀런드 백작, 팸브루크 후작 부인 등의 집단 집필로서, 이때 연극 기교에 관한 전문 지식이 요청되었을 것이므로, 셰익스피어는 그 편찬, 또는 교정 같은 일을 했을 것이다.

셰익스피어의 결혼에 관계되는 기록으로서, 1582년 11월 27일 자 우스터 주교 교구 기록에 'Wm Shakspere and Anna Whateley' 라는 기록과 그 다음 날짜에 'Willm Shakspere to Anne Hathaway' 라는 기록이 있는데, 정통파에서는 'Whateley' 는 'Hathaway' 의 오기일 것이라고 보고 있지만, 1939

년과 1950년에 각각 다른 스코틀랜드 학자가 주장하기를, 미스 횟틀리(Miss Whateley)는 셰익스피어의 애인으로 앤 해서웨이에게 패배하여 수녀가 되어 셰익스피어와는 정신적으로 결합하여 그와 같은 극을 함께 제작했을 거라는 것이다.

다음으로 말로 설이 있는데, 셰익스피어와 태어난 해가 같으나, 요절한 말로의 셰익스피어에 대한 영향은 정통파에서도 인정하고 있는 바이지만, 근래에 미국의 신문 기자 캘빈 호프맨은 ≪셰익스피어라는 사람의 살해 문제≫라는 저서에서 말로는 그의 후원자 토머스 월징엄(T. Walsingham)경의 사주자들의 손에 살해된 것이 아니라, 그가 무신론자로서 처형되는 것을 미리 막기 위해 월징엄 경이 피살을 가장하여 그를 유럽 대륙으로 도피시킨 것이다. 그래서 그는 후일 비밀리에 귀국하여 월징엄 경의 집에 은신하여 셰익스피어라는 이름으로 극작을 발표한 것이라고 주장했다. 호프맨은 또한 월징엄 경의 무덤을 발굴하는 허가를 얻어 발굴에 착수했으나, 거기에 있으리라고 예상했던 셰익스피어의 원고는 발견되지 않았고 미처 무덤 현실까지는 파보지 못한 채 발굴을 중단당한 일이 있었다. 그래서 요사이 스트래트퍼드에 있는 셰익스피어의 무덤을 발굴해 보자는 말도 있다.

다음은 옥스퍼드 백작 설이다. 옥스퍼드 백작 에드워드 비어의 가문(家紋)의 하나로 사자가 창(spear)을 휘두르고 있는(shake) 것이 있다. 그의 별명이 '창을 휘두르는 사람(speare shaker)' 이었으며, 그는 사우샘프턴 백작과 더불어 셰익스피어의 후원자로 알려진 사람인데, 사우샘프턴 백작이 그와 일리저베드 여왕 사이의 소생이라는 풍문이 나돌 정도였던 만큼, 그와 궁정과의 어떤 부득이한 사정 때문에 그는 자기의 작품에 셰익스피어라는 가명을 사용했거나, 스프래트퍼드 출신의 배우 셰익스피어의 이름을 빌려 쓴 것이라는 이설이 있다.

또는 셰익스피어라는 스트래트퍼드 출신의 대금업자가 궁색한 극작가들에게 금전을 융통해 준 대가로 작품의 작가를 자기 이름으로 하게 했을 것이라는 이설도 있다. 또 하나의 이설은 그의 ≪소네트 집≫에 나오는 'Mr. W. H.'가 누구냐?, '흑발의 미녀(dark lady)'나 '미청년(fair youth)'은 과연 누구냐? 하는 것이다.

그의 소네트가 원래 개성적인 요소를 강하게 풍기고 있기 때문에 이 점들에 관해서는 정통파 학자들 사이에도 논쟁이 분분하지만, 말로 설의 주장자들은 '미청년'을 당시의 동성애와 관련시켜 말로의 동성애를 증거로 셰익스피어 소네트의 저자를 말로라 단정하고, Mr. W. H.를 앞서의 월징엄의 약기(略記)라고 주장한다.

같은 자료와 같은 사실을 가지고 이러한 설들은 이렇게 기묘한 결론에 도달하고 있지만, 오늘 날 정통파 학자들은 스트래트퍼드의 셰익스피어의 실존성에 대해 추호도 의심하지 않는다.

셰익스피어의 연표

1556년
존 셰익스피어, 스트래프퍼드 온 에이븐의 헨리 가(街)와 그린힐 가(街)에 주택을 구입.

1557년
존, 윌코트의 메리 아든과 결혼.

1558년
일리저베드 여왕 즉위.
존의 장녀 쥬오운 출생(9월 10일 세례).
존, 시의 치안관에 선임.

1559년
존, 스트래트퍼드 시의 벌금부과역에 취임.

1561년
존, 시의 재무관에 취임.

1562년
존의 차녀 마거레트 출생(12월 2일 세례).

1563년
마거레트 사망(4월 30일 매장).

1564년
존의 장남 윌리엄 셰익스피어 출생(4월 23일?).
윌리엄, 호울리 트리니티 교회에서 세례(4월 26일).
존, 역병으로 인한 빈민의 구제를 위해 다액의 기부를 함.

1565년(1세)
존, 시의 참사의원으로 피선.

1566년(2세)
존의 차남 길버트 출생(10월 13일 세례).

1568년(4세)
존, 시장에 취임.

1569년(5세)
존의 3녀 쥬오운 출생(4월 15일 세례. 사망한 장녀와 이름이 같음).

1571년(7세)
존, 시 참사원의 의장 격인 치안관에 취임.
존, 리처드 퀴니 상대로 50파운드의 채권 독촉의 소송을 제기함.
존의 4녀 앤 출생(9월 28일 세례).

1572년(8세)

귀족의 보호 없는 배우는 불량배로 취급되는 조령(條令)이 포고됨.

1573년(9세)

존, 헨리 히그퍼드에 의해 30파운드의 채무 이행의 소송을 받음.

1574년(10세)

존의 3남 리처드 출생(3월 11일 세례).

역병으로 인해 런던에서 연극 상연 금지.

1575년(11세)

존, 주택 구입에 40파운드 투자.

1576년(12세)

런던에 최초의 공개 상설극장의 건립 착수. 이것은 '극장'(The Theatre)이라 불리어졌음.

1577년(13세)

존, 이 무렵부터 공식 석상에 나타나지 않음.

1578년(14세)

존, 가옥을 담보로 40파운드의 빚을 냄(11월 14일).

1579년(15세)

존, 아내의 재산을 일부 처분함.

4녀 앤의 사망(4월 4일 매장).

1580년(16세)

존, 아내의 재산을 저당함.

존의 4남 에드먼드 출생(5월 3일 세례).

1582년(18세)

윌리엄 셰익스피어와 앤 횟틀리(Anne Whateley)와의 결혼 허가서 발행(11월 27일).

윌리엄 셰익스피어와 앤 해더웨이(Anne Hathaway)와의 결혼 보증인 연서(11월 28일. 이날 결혼함).

1583년(19세)

윌리엄의 장녀 수자나 출생(5월 28일 세례).

1584년(20세)

작자 미상의 ≪왕후귀감≫을 웨스툰이 편찬하여 출판.

1585년(21세)

윌리엄의 쌍둥이 햄네트(장남)와 주디드(차녀) 출생(2월 2일 세례).

1586년(22세)

필리프 시드니 전사(戰死).

1587년(23세)

존, 시 참사의원에서 제명당함. 윌리엄, 이 무렵에 상경(?).

스코틀랜드의 메리 여왕, 엘리자베스 여왕에 의해 처형됨(2월 8일).

1588년(24세)

스페인의 무적함대, 영국 해군에게 격파당함(7월 28일).

1590년(26세)

≪헨리 6세≫ 제 2부와 제 3부 집필(?).

1591년(27세)

≪헨리 6세≫ 제 1부 집필(?)

1592년(28세)

≪헨리 6세≫ 제 1부, 〈스트레인지 소속 극단〉에 의해 상연(?)(3월 3일).

로버트 그린, '삼문제사'에서 셰익스피어를 비난.

이 해 후반에 역병으로 런던의 극장 폐쇄.

존, 교회 불참자의 명단에 기록됨.

≪리처드 3세≫ 집필(1592~1593년).

≪착오 희극≫ 집필(1592~1593년).

≪비너스와 아도니스≫ 집필(1592~1593년).

1593년(29세)

≪비너스와 아도니스≫ 출판 등록(4월 18일). 같은 해에 4절판으로 출판(양 4절판).

≪타이터스 앤드로니커스≫ 집필(1593~1594년).

≪말괄량이 길들이기≫ 집필(1593~1594년).

≪루크리스의 능욕≫ 집필(1593~1594년).

극작가 크리스토퍼 말로 살해당함(5월 30일).

1594년(30세)

윌리엄, 〈궁내대신 소속 극단〉(Lord Chamberlain's Men)에 단원으로 참가.

《타이터스 앤드로니커스》 출판 등록(2월 6일), 동년에 4절판으로 출판(양 4
절판).

《헨리 6세》 제 2부 출판 등록(3월 12일), 동년에 악 4절판 출판.

《루크리스의 능욕》 출판 등록(5월 9일), 동년 4절판으로 출판(양 4절판).

《착오 희극》 그레이 법학원에서 상연(12월 28일).

《베로나의 두 신사》 집필(1594~1595년).

《사랑의 헛수고》 집필(1594~1595년).

《로미오와 줄리엣》 집필(1594~1595년).

1595년(31세)

윌리엄, 〈궁내대신 소속 극단〉 단원으로서 최고의 기록(3월 15일).

《리처드 2세》 집필(1595~1596년).

《리처드 2세》 상연(12월 9일).

《한여름 밤의 꿈》 집필(1595~1596년).

1596년(32세)

장남 햄네드 사망(8월 11일 매장).

부친 존, 문장(紋章)의 사용을 허가 받음(10월 20일)

《존 왕》 집필(1593~1596년).

《베니스의 상인》 집필(1596~1597년).

1597년(33세)

윌리엄, 이 무렵 런던의 세인트 헬렌의 비셥게이트에서 거주함.

윌리엄, 스트래트퍼드에서 가장 아름답고 둘째로 큰 저택 뉴 플레이스(New
Place)를 윌리엄 언더힐로부터 40파운드에 구입함(5월 4일).

≪리처드 2세≫ 출판 등록(8월 29일), 동년 출판(양 4절판).

≪리처드 3세≫ 출판 등록(10월 20일자), 동년 출판(양과 악의 중간의 4절판).

≪로미오와 줄리엣≫ 악 4절판 출판.

≪헨리 4세≫ 제 1부와 제 2부 집필(1597~1598년).

≪사랑의 헛수고≫, 크리스마스에 궁정에서 상연.

1598년(34세)

≪헨리 4세≫ 제 1부 출판 등록(2월 25일), 동년 출판.

≪소네트 집≫ 거의 완성(?).

수상인 윌리엄 세실 사망.

≪베니스의 상인≫ 출판 저지 등록(7월 22일).

윌리엄, 벤 존슨의 〈각인 각색〉에 출연(9월).

≪사랑의 헛수고≫ 양 4절판 출판.

≪헛소동≫ 집필(1598~1599년).

≪헨리 5세≫ 집필(1598~1599년).

프랜시스 미어스의 수기 ≪지식의 보고≫ 출판, 이 책에는 셰익스피어에 관한 여러 가지 언급이 있다.

1599년(35세)

시인 에드먼드 스펜서 사망.

풍자문학 금지(6월 1일).

에섹스 백작, 아일랜드 원정 실패.

〈궁내대신 소속 극단〉의 본거인 〈지구극장〉 개장.

≪줄리어스 시저≫ 집필, 동년 〈지구극장〉에서 상연(9월 21일).

≪로미오와 줄리엣≫ 양 4절판 출판.

≪뜻대로 하세요≫ 집필(1599~1600년).

≪십이야≫ 집필(1599~1600년).

1600년(36세)
동인도회사 설립.

≪뜻대로 하세요≫ 출판 보류 등록(8월 4일).

≪헛 소동≫ 출판 보류 등록(8월 4일), 출판 등록(8월 23일), 동년 출판(양 4절판).

≪헨리 4세≫ 제 2부 출판 등록(8월 23일), 동년 출판(양 4절판).

≪헨리 5세≫ 출판 보류 등록(8월 23일), 동년 악 4절판 출판.

≪한여름 밤의 꿈≫ 출판 등록(10월 8일).

≪윈저의 명랑한 아낙네들≫ 집필(1600~1601년).

1601년(37세)
부친 존 사망(9월 매장).

〈궁내대신 소속 극단〉 에섹스 백작 일당의 요청에 의해 왕위 찬탈극 ≪리처드 2세≫를 〈지구극장〉에서 상연(2월 7일).

에섹스 백작, 런던에서 쿠데타를 거사하여(2월 8일), 사형에 처해짐(2월 24일).

≪십이야≫ 궁정에서 상연(1월 6일).

≪햄릿≫ 집필(1601~1602년).

≪트로일러스와 크레시더≫ 집필(1601~1602년).

1602년(38세)
이 무렵 크리폴게이트(런던)에서 하숙.

스트레트퍼드 교외에 107에이커의 토지를 320파운드에 매입(5월 1일).

≪윈저의 명랑한 아낙네들≫ 출판 등록(1월 18일), 동년 악 4절판 출판.

≪햄릿≫ 출판 등록(7월 26일).

≪끝이 좋으면 다 좋다≫ 집필(1602~1603년).

1603년(39세)

일리저베드 여왕 사망(3월 24일), 튜더 왕조 끝남.

제임즈 1세 즉위하여 스튜아트 왕조 출발.

〈궁내대신 소속 극단〉, 제임스 1세의 후원 아래 〈국왕 소속 극단〉으로 됨(5월 19일).

역병으로 해서 런던의 극장들은 1년이나 폐쇄.

≪트로일러스와 크레시더≫ 출판 등록(2월 7일).

≪햄릿≫ 악 4절판 출판.

1604년(40세)

≪오델로≫ 집필, 동년 11월 1일 궁정에서 상연.

≪이척보척≫ 집필(1604~1605년), 동년 12월 26일 궁정에서 상연.

≪햄릿≫ 양 4절판 출판.

1605년(41세)

〈국왕 소속극단〉 ≪헨리 5세≫를 궁정에서 상연(1월 7일).

〈국왕 소속극단〉 ≪베니스의 상인≫을 궁정에서 상연(2월 10일).

의사당 폭파 음모 사건 발각됨(12월 5일).

윌리엄, 스트래트퍼드와 그 인접 지역의 31년 간의 10분의 1세(稅)의 권리를 440파운드로 매입(7월 24일).

≪리어왕≫ 집필(1605~1606년).

1606년(42세)

의사당 폭파 음모 사건의 주모자 헨리 가네트의 처형(5월 3일).

무대에서 신을 모독하는 말을 쓰지 못하게 하는 조령(條令) 포고(5월 27일).

≪맥베드≫ 집필.

≪리어 왕≫ 궁정에서 상연(12월 26일).

≪앤토니와 클레오파트라≫ 집필(1606~1607년).

1607년(43세)
장녀 수자나, 의사 존 홀과 결혼(6월 5일).
≪리어 왕≫ 출판 등록(11월 26일).
≪코리올레이너스≫ 집필.
≪아테네의 타이먼≫ 집필.

1608년(44세)
시인 존 밀턴 출생.
수자나의 장녀 일리저베드 출생(2월 8일 세례).
모친 메리 사망(9월 9일 매장).
윌리엄, 존 애든브루크를 상대로 6파운드의 채권에 관해 소송을 제기하여 승소함(12월 17일~1609년 6월 7일).
〈국왕 소속극단〉이 실내 극장인 〈블랙프라이어즈〉를 매입, 윌리엄도 8분의 1의 주주가 됨(8월 9일).
≪앤토니와 클레오파트라≫ 출판 저지 등록(5월 20일).
≪리어 왕≫ 출판(양과 악의 중간의 4절판).
≪페리클리즈≫ 집필(1608~1609년), 동년 출판 등록(5월 20일).

1609년(45세)
≪트로일러스와 크레시더≫ 출판(양 4절판).
≪소네트 집≫ 출판 등록(5월 20일), 동년 출판.
≪페리클리즈≫ 출판(양 4절판).
≪심벨린≫ 집필(1609~1610년).

1610년(46세)

윌리엄, 이 무렵에 고향에 은퇴(?).

≪겨울 이야기≫ 집필(1610~1611년).

1611년(47세)

≪흠정 영역 성서≫ 출판.

점성가 사이먼 포맨, 〈지구극장〉에서 셰익스피어의 극을 관람한 기록이 있음.

≪맥베드≫ (4월 20일), ≪심벨린≫ (4월 하순), ≪겨울 이야기≫ (5월 15일) 등.

≪태풍≫ 집필(1611~1612년), 동년 궁정에서 상연(11월 1일).

1612년(48세)

윌리엄, 벨로트 마운트조이의 소송사건에 증인으로 출두(5월 11일, 6월 19일).

일리저베드 왕녀의 결혼 축하와 외국 사절들을 위해 〈국왕 소속 극단〉은 이 해

겨울부터 1613년에 걸쳐 20회 이상의 공연을 함.

≪헨리 8세≫ 집필(1612~1613년).

1613년(49세)

〈국왕 소속 극단〉, 〈지구극장〉에서 ≪헨리 8세≫를 상연(6월 29일).

이날 상연 때의 축포의 불꽃에 인화하여 〈지구극장〉 소실. 곧 재건립에 착수.

1614년(50세)

제2의 〈지구극장〉 6월(?)에 준공.

윌리엄, 상경(11월 17일).

1616년(52세)

윌리엄, 유언장을 기초(起草)(1월 ?).

차녀 주디드, 토머스 퀴니와 결혼(2월 10일).

윌리엄, 유언장을 다시 정리 작성하여 서명함(3월 25일).

윌리엄, 사망(4월 23일), 스트래트퍼드의 호울리 트리니티 교회에 매장(4월 25일).

1619년

토머스 파비어, 셰익스피어의 선집 출판(≪헨리 6세≫ 제 2·3부, ≪베니스의 상인≫, ≪헨리 5세≫, ≪한여름 밤의 꿈≫, ≪윈저의 명랑한 아낙네들≫, ≪리어 왕≫ , ≪페리클리즈≫ 등이 수록됨).

W· 자가드, 불법으로 셰익스피어의 전집을 2절판으로 출판 기도.

1621년

≪제일 2절판 전집≫ 인쇄 착수(4월 ?).

≪오델로≫ 출판 등록(10월 6일).

1622년

≪오델로≫ 출판(양 4절판).

1623년

윌리엄의 아내 앤 사망(8월 6일 매장).

셰익스피어 극의 전집 출판을 위해 ≪태풍≫을 비롯하여 16편 극의 출판 등록(11월 8일).

셰익스피어의 동료 배우 존 헤밍그와 헨리 콘델에 의해 편찬된 셰익스피어의 극 전집 ≪제일 2절판 전집(The First Folio) 출판(연말 ?). 이 전집에는 ≪페리클리즈≫와 시는 포함되어 있지 않음.

memo

memo